Sophie Brandes

Cascada, eine Inselgeschichte

Roman

Mit Bildern von Sophie Brandes

BELTZ & Gelberg

Sophie Brandes, geboren 1943 in Breslau, studierte Grafik in München und illustrierte mehrere Kinderbücher. Heute lebt sie als freischaffende Autorin und Zeichnerin in Neckargemünd. Im Programm Beltz & Gelberg erschienen neben dem Bilderbuch *Trinckmann's Traumreisen* die Kinderromane *Hauptsache, jemand hat dich lieb*, *Billie aus der Altstadt* (beide auf der Auswahlliste zum Deutschen Jugendbuchpreis), *Cascada, eine Inselgeschichte* und der Jugendroman *Total blauäugig*.

Gulliver Taschenbuch 179

Programm Beltz & Gelberg, Weinheim

Reihenlayout und Einband von Wolfgang Rudelius
unter Verwendung einer Illustration von Sophie Brandes
Gesamtherstellung Druckhaus Beltz, 69494 Hemsbach
Printed in Germany
ISBN 3 407 78179 2
1 2 3 4 5 98 97 96 95 94

Inhalt

Marguerita hat ein Schwein geschlachtet *7*
Wie alles angefangen hat *16*
Eileens Schiff *29*
Das Schafstallschloß *41*
Jungfrauenfest *57*
Über Stürme, Steine und Mamas Laden *66*
Eine Krähe kommt selten allein *81*
Schule heißt Escuela *93*
Als der große Regen kam *108*
Lametta auf dem Kaktus *117*
Jede Menge Orangen *139*
Das Lachen der Abuela *149*
Ein Prinz namens »Glückliche Ostern« *162*
Juan Garcia, der Kühne *177*
Auf der Fiesta des Sant' Juan *185*
Ente gut – alles gut *197*

Worterklärungen *207*

Marguerita hat ein Schwein geschlachtet

»Hinter der Mandelmühle rechts abbiegen, bis zum Schild ›Playa Roca‹ fahren, dann geradeaus auf den eingefallenen Wasserturm zu ...«, las Mama von einem Zettel ab.
Papa kurbelte wie wild am Steuer, und wir wurden hin und her geschleudert, daß einem die Limo hochkam. Der Weg hier heraus war eine einzige Holperpiste. Ein kleiner Schweißbach lief Papa den Hals hinunter. Das kam daher, daß unser Auto eine Weile in der Sonne gestanden hatte und es nun kochend heiß im Innern war.
»Da! Da vorn ist schon der Wasserturm!«
Mama deutete auf eine schiefstehende Ruine, um die riesige Kakteenbüsche wucherten. Arti sagt, daß hier unter Kakteen meistens Schweine leben. Einmal, weil die Kakteen den Schweinemist brauchen, und dann, weil die Schweine die Kakteenfrüchte brauchen. Ich schaute also nach Schweinen aus, konnte aber keine entdecken. Alles stimmt auch nicht, was Arti sagt.
Papa hielt das Auto an und wischte sich mit seinem Arm den Schweiß von der Stirn. »Wie geht's jetzt weiter?« fragte er Mama.
»Hinter dem Turm links in den Camino* einbiegen, dann beim Autowrack rechts fahren, dort kann man auch parken, direkt vor Margueritas Haus.«
Falls jemand nicht weiß, was ein Camino ist: Eigentlich

* Spanische Ausdrücke werden auf S. 207f. in alphabetischer Reihenfolge erklärt.

ist es ein Weg, aber nicht geteert und glatt wie bei uns, sondern von Steinmauern eingefaßt und voller Kieselsteine und Felsbrocken. Papa meint, daß er mit Sicherheit bald eine neue Achse für unser Auto braucht, wenn er noch lange in diesem Land bleibt.

Ich sah das Autowrack als erste: Wie ein großes Tier mit leeren Augen lag es vor uns.

»Das kann ja heiter werden«, meinte Papa finster. Aus den leeren Autofenstern wuchsen gelbe Margeriten, ganze Büschel. Noch nie hatte ich ein schöneres Auto gesehen.

»Töff, töff, töff, töff«, quakte Tarzan auf seinem Kindersitz.

»Von wegen töff, töff«, murrte Papa.

Mama nahm einen gelben Kamm aus ihrer Umhängetasche und fuhr sich damit wild durch die Haare. Ihre Haare sind knallrot, und alle drei Wochen muß sie sie neu färben mit einem ekligen Zeug, das Henna heißt.

»Warum bist du so schlechter Laune?« fragte Mama. »Ist doch schön, daß Marguerita uns zu sich eingeladen hat.«

Das fand ich auch. Besonders weil wir, ich und Tarzan, dann ewig aufbleiben dürfen und nicht ins Bett müssen.

Papa konnte wohl Gedanken lesen. »Ich habe die Schlafsäcke mitgenommen«, sagte er. »Nicht daß ihr beiden Nachteulen wieder bis zum Morgengrauen auf uns Alten herumhängt.«

Hoppla! Beinahe hätte Papa ein Huhn überfahren. Ein besonders häßliches obendrein. Ohne Federn an Kopf, Hals und Popo.

»Ein echter Skinhead«, sagte Mama.

»Wo sind wir denn hier gelandet?« stöhnte Papa.

Es fing an, spannend zu werden. Wir waren plötzlich mitten in einem Hühnerhof, in dem es außer hundert Hühnern noch zwei Truthähne und einige seltsame graue Hühner mit rundem Rücken gab. Hier hörte der Camino auf – Endstation! Ringsherum wirbelte roter Staub auf, die Hühner rannten laut gackernd nach allen Seiten davon. Einige flogen hoch und setzten sich auf die Mauer.

Hinter der Staubwolke tauchte eine niedrige Hütte ohne Fenster auf. Papa sagte: »Ob wir hier richtig sind? Soll das etwa Margueritas Haus sein?«

Mama kicherte. »Sieht so aus!« Sie sprang aus dem Auto und beugte sich über das krumme Holztor, an dem eine dicke Eisenkette hing. Ich war auch gleich draußen.

»Gack, gack«, kreischte Tarzan, den niemand aus seinem Kindersitz geholt hatte.

Da standen wir also vor dem Schuppen, der natürlich verschlossen war, und Mama hielt die Nase in die Luft und schnupperte. »Hier riecht's aber gar nicht gut!«

Das stimmte haargenau. Warum es um diesen Schuppen herum so stank, der Marguerita gehörte oder sonstwem, hatten wir schnell heraus. Hinter einer häßlichen grauen Mauer grunzte es nämlich schweinemäßig. Ich konnte gerade so rüberschauen. Dahinter standen zwei Riesenelefantenschweine mit einem halbmeterlangen Rüssel, ehrlich, und schwarzen Flecken auf dem ganzen Leib, und viele Minischweine hoppelten unter den Riesenschweinen herum. Papa hielt sich die Nase zu.

Tarzan kroch auf allen vieren auf dem Boden herum und sammelte Glasscherben ein, die in der Nachmittagssonne herrlich glitzerten. Man muß wissen, daß er alles in den Mund steckt, was er findet, besonders wenn es glitzert. Papa packte ihn an den Hosenträgern und setzte ihn sich auf die Schultern. Dort kreischte Tarzan »haben, haben« und riß Papa an seinen langen Haaren.
»Ob hier jemand wohnt?« fragte Papa, und Tarzan kreischte »haben, haben« und wollte jetzt zu den kleinen Schweinen.
»Gleich setz ich dich zu den kleinen Schweinen«, sagte Papa. Da kam Arti um die Ecke gebrummt.
»Hallo, habt ihr's gefunden?« fragte Arti, bückte sich und griff unter einen Stein. Darunter kam ein langer rostiger Schlüssel zum Vorschein.
»Du hast uns ja was Schönes eingebrockt«, sagte Papa zu Arti. »Wenn ich das gewußt hätte: Margueritas Haus bei den Schweinen um die Ecke!«
»Daran mußt du dich gewöhnen, mein Lieber, wenn du auf der Insel wohnen willst«, sagte Arti.
»Haben, haben, haben, Schweinchen haben!« plärrte Tarzan Papa ins Ohr.
Warum Papa bloß meckerte? Ich fand hier alles ganz prima. Auch wie das Haus innen war, nämlich nur mit einem Zimmer, das um einen langen Tisch herum gebaut war. In der Ecke sah man eine große schwarze Feuerstelle mit einem aufgeschichteten Holzhaufen.
»Willst du mal den Himmel sehen?« fragte mich Arti. Wenn Arti so was sagt, kommt meistens irgendeine Neckerei. Dann zieht er einen an den Ohren oder am

Zopf oder steckt einem einen Eiswürfel in den Badeanzug.
Vielleicht will jemand wissen, wer Arti ist?
Zunächst mal ist Arti Papas Freund und ein bißchen auch Mamas Freund, aber nicht immer. »Der Arti kann den Rand nicht vollkriegen«, sagt Mama und meint damit, daß er zuviel Rotwein trinkt.
Früher wohnte Arti in Lübeck und jetzt hier auf der Insel, weit weg vom Dorf in einem niedrigen braunen Steinhaus, das einmal ein Schafstall war. Arti hat keine Frau und keine Kinder, dafür aber vier Ziegen, zwei Hunde und fünf Katzen. Und dazu ein paar Hühner, die ihre Eier verstecken und sich gegenseitig die Federn vom Kopf picken. Sein Bett besteht aus einer Matratze auf Ziegelsteinen. Es ist aber weich, ich habe es ausprobiert. Die Katzen finden das auch.
Ach ja, und einen Karren gibt es neben seinem Haus, wie die Bauern sie hier haben. Den sollte Lukas ziehen, aber Lukas dachte nicht daran. Papa sagt, daß Arti keine Ahnung von Eseln hat, weil ein ehemaliger Bankangestellter eben nichts von Eseln versteht, und deshalb habe er Lukas auch falsch behandelt. Esel muß man arbeiten lassen, sagt Papa, sonst werden sie übermütig. Bei Lukas war das so: Eines Tages verpaßte er Arti mit seinem Hinterbein einen Kinnhaken. Daraufhin verkaufte Arti den Esel und hat seitdem eine Zahnlücke.
Es gäbe noch viel mehr über Arti zu erzählen, deshalb kommt er später noch genug vor. Den Himmel ließ er mich aber doch sehen, und zwar durch Margueritas Kamin: Wenn man sich weit vorbeugte, konnte man ihn

als knallblaues Viereck zwischen den rußigen Kaminwänden leuchten sehen.
»Ola«, sagte eine Männerstimme hinter mir. Man schreibt es aber »hola«, und heißen tut es »hallo«, soviel weiß ich schon.
Als ich mich nach dem Mann umblickte, sah ich eine Frau. Sie war dick und rotbackig und schwarz angezogen und trug eine blaue Plastikwanne vor sich her. Die war so groß wie unsere, in der ich und Tarzan immer baden. Aus der Wanne tropfte Blut auf den gelben Steinboden.
Mama und Papa starrten auf die blaue Wanne, als sähen sie ein Gespenst.
»Pollo y cerdero«, erklärte die Frau mit der Männerstimme und zog die einzelnen Silben lang, damit wir besser verstehen sollten.
Arti feixte bis zu beiden Ohren. »Es gibt heute abend nämlich ›Sopa mallorquina‹«, sagte er, »das ist so eine Art Eintopf mit Fleisch und Gemüse, die wird euch sicher schmecken.«
Ich kann Eintopf nicht ausstehen und Mama auch nicht, soviel war klar.
»Yo Marguerita«, sagte die schwarze Männerfrau und tippte sich auf die gewaltige Brust. Danach sagten alle »hola« und »hallo« zueinander, und Tarzan quietschte dazu in den höchsten Tönen.
Marguerita war auf einem Mofa gekommen. Eigentlich wohnte sie in einem rosa Haus mitten im Dorf, erzählte Arti. Dies hier sei nur ihr Wochenendhaus, wo sie Hühner und Schweine halte.
Marguerita redete laut und viel mit Arti und rollte dabei

die Augen, während sie den Holzhaufen auf der Feuerstelle anzündete und einen Tontopf mit gekochtem Gemüse darauf schob, das ein bißchen wie Schweinefutter aussah.
»Lieber wäre ich beim Postmann essen gegangen«, sagte Mama, als sie die Schweinefüße in dem Gemüsetopf entdeckte.
»Euch zu Ehren hat Marguerita ein Schwein geschlachtet«, sagte Arti und zeigte nach oben an die Decke, wo eine Schweineblase festgemacht war.
Marguerita redete noch mehr und noch lauter und zauberte aus einem Pappkarton Gläser auf den Tisch, von denen die meisten Sprünge hatten.
»Ihr sollt kräftig trinken«, sagte Arti und goß Mama und Papa aus einer großen Flasche Wein ein. »Marguerita muß noch auf eine Beerdigung. Wenn bei der Hitze jemand stirbt, muß man ihn gleich beerdigen, und José Vidal war hier im Dorf ein wichtiger Mann, zweiter Bürgermeister von Cascada und Metzger außerdem.«
»Salud«, sagte Marguerita mit ernstem Gesicht und stieß mit Mama und Papa an.
»Deshalb ist sie so feierlich in Schwarz«, sagte Mama, »und ich dachte schon, es sei wegen uns.«
Als Marguerita sich mit ihrem Mofa davongemacht hatte, ging rot und riesengroß die Sonne hinter einem Kaktusbaum unter. Ein Wind kam auf, der wehte abwechselnd Schweinegeruch und einen süßen Blütenduft zu uns her. Mama und Papa hatten sich auf die Steinschwelle vor Margueritas Haus gesetzt und tranken ziemlich viel von dem Wein aus der dicken Flasche, während Arti die

Schweinestücke auf der Feuerstelle hin und her wendete, damit sie nicht anbrannten.
Von Tarzan war plötzlich nichts mehr zu hören, er war auf Mamas Schoß eingeschlafen. Da hob Papa ihn vorsichtig hoch und legte ihn auf den Autorücksitz zum Schlafen. Als der Himmel dunkel wurde, hörten die Schweine auf zu grunzen.
Die Stimmen der Erwachsenen machten mich auch müde, wie sie sich erzählten, was sie gerade auf der Insel trieben und was für Pläne sie noch hätten. Ich legte meinen Kopf auf Papas warmen Schoß und betrachtete die Sterne.
Als ich wach wurde, stand auf dem Tisch eine grüne, zischende Gaslaterne und in jeder Zimmerecke ein rotes Licht wie auf dem Friedhof bei uns zu Hause. Jetzt saßen noch mehr Menschen um den Tisch: Margueritas Mann, der nur halb so breit war wie Marguerita, aber doppelt so faltig. Esteban nannte sie ihn, genauso wie den großen Jungen, der ihr Sohn war. Auch Margueritas Tochter war viel älter als ich, ihr Name gefiel mir: Ines.
Marguerita hatte inzwischen ihre schwarze Beerdigungsbluse ausgezogen und fuhrwerkte jetzt mit dicken Armen über dem großen schwarzen Topf herum, aus dem sie Riesenportionen von diesem Gulasch verteilte, das hier Sopa heißt. Auch ich mußte davon essen, aber es schmeckte mir nicht besonders, weil es zu scharf und zu fett war. Das meiste ließ ich stehen, lieber hätte ich Spaghetti gehabt oder Pommes mit Ketchup.
Später wurde mir langweilig, weil alle dauernd in verschiedenen Sprachen durcheinanderquatschten und

über Sachen lachten, die ich nicht lustig fand. Nur einmal noch war es wirklich lustig: als der alte Esteban nach nebenan ging und pinkelte. Es war nämlich keine Tür zwischen dem Zimmer und dem Klo, und man konnte die Pinkel in die Kloschüssel plätschern hören. Da hat Mama aber die Augen verdreht, und ich mußte laut lachen. Marguerita hat vielleicht eine komische Hütte.

Als dann alle wieder durcheinanderredeten, stand ich auf und ging nach draußen. Es war wieder wärmer geworden, und der Himmel hing voller heller Sterne. Es waren viel mehr als in Deutschland, und ich hatte Angst, daß vielleicht ein paar auf uns herunterfallen würden.

Mama kam auch ins Freie und wackelte etwas auf ihren Beinen. »Siehst du die lange weiße Wolke dort?« fragte sie. »Das ist die Milchstraße. Sie besteht aus Tausenden von Sternen, Lianita, und jetzt legst du dich unter die karierte Decke ins Auto. Und bitte, möglichst ohne Tarzan zu wecken!«

Wie alles angefangen hat

Das ist aber alles viel später passiert: daß Marguerita ein Schwein für uns schlachtete und uns in ihrer Gartenhütte zum Essen einlud. Gut drei Monate waren wir da auf der Insel, den ganzen Sommer wohnten wir schon in dem kleinen Haus zwischen Cascada und Manaflor, das Mama das Bettnässerhaus getauft hatte – warum, weiß ich nicht, vielleicht, weil die Matratzen in unseren gemieteten Betten alt und eklig und voller gelber Flecken sind.

In der ersten Zeit saß Mama stundenlang in dem gestreiften Liegestuhl draußen auf der Terrasse und starrte in den blauen Himmel. Oder sie pflückte grüne Feigen von dem Baum am Eingang und servierte sie uns zum Frühstück auf Blättern. Oder sie kochte mal wieder einen Riesentopf Polenta für uns alle. Oder sie tat Tarzan neue Pampers um, denn obwohl mein Brüderchen schon bald drei wurde und rotzfrech war, brauchte er noch immer Pampers.

»Wie es auf so einer Insel ist, glaubt uns zu Hause keiner«, sagte Mama zu Papa, »das müßte man eigentlich aufschreiben und an eine Zeitung schicken.« Aber sie hatte gar keine Zeit zum Aufschreiben, weil sie ja ständig mit dem Hosenpisser beschäftigt war, der mein Bruder ist.

Als Papa dann eines Tages mit einer Autoladung voll Briefpapierpackungen und alter Schulhefte ankam und Mama sich die Haare raufte und rief, was das solle, soviel Altpapier, da hat mich das auf die Idee gebracht, nämlich selber aufzuschreiben, was alles passiert ist. Für Oma und Opa, die so traurig waren, als wir von Deutschland wegzogen, und für Joschi und Manuela, meine Freunde aus der Unterstraße. Die würden es vielleicht sogar der Mülltonnenmafia zu lesen geben, mit der wir im Bandenkrieg waren, und die würden glotzen! Also, Papier hatte ich jedenfalls genug und Zeit auch, weil ja Ferien waren und weil man bei der Hitze sowieso nichts anderes tun konnte als auf der Schattenterrasse unter dem Zitronenbaum herumhängen oder an der Cala Muca schnorcheln, das ist ein Strand nicht weit von Cascada.

Aber jetzt der Reihe nach: Richtig angefangen hatte alles mit meinem Dauerhusten und mit dem Kernkraftwerk.

»Wenn so ein Dauerhusten nicht aufhört«, hatte es in der Kinderarztsprechstunde geheißen, »muß man eine dauerhafte Luftveränderung in Betracht ziehen, vielleicht im Gebirge oder am Meer.«

Lieber am Meer, hatte Mama gemeint, das sei noch weiter weg von dem Kernkraftwerk als das Gebirge. Seit nämlich das Kernkraftwerk in Betrieb war, konnte Mama nachts nicht mehr schlafen, auch wenn Papa sie noch so sehr beruhigte.

So kamen wir auf Urlaub nach Calamayor im Süden der Insel. Tatsächlich wurde dort mein Husten nach einer Woche besser und hörte nach zwei Wochen ganz auf. Und Mama konnte plötzlich wieder richtig schlafen. Einmal, es war beim Paellaessen, ist es passiert: Mama hat die Gabel fallen lassen und feierlich geschaut, wie wenn sie gleich eine Tischrede halten wollte, und hat dann zu Papa gesagt: »Karlo, von dieser Insel der Ruhe bringst du mich nicht wieder weg. Wenn du allein nach Hause fahren willst, dann bitte! Ich bleibe mit den Kindern hier und miete mich ein.«

Da hat Papa vielleicht geschaut! Aber er hat reden können, was er nur wollte, Mama hat sich nicht abbringen lassen. Wie sie sich das eigentlich vorstelle mit dem Einmieten, so von jetzt auf nachher. Was er mit seinem Geschäft machen solle, »Karlo's Laden« in der Unterstraße? Und wo sie denn bitte zu wohnen gedenke? Und ob sie an die hiesigen Schulverhältnisse gedacht habe und daran, daß wir alle kein Wort Spanisch könnten.

Er hätte stundenlang so weitermachen können, Mama war das alles schnurzegal. Die Kinder, meinte sie (ich und Tarzan nämlich), sollten in einer gesunden Umgebung aufwachsen. Und auf die ganze Konsumscheiße zu Hause (doch, das hat sie gesagt) könnte sie ohnehin verzichten, und so einen Allerweltsladen finde sie hier auch noch. Unser neues Kernkraftwerk könne ihr gestohlen bleiben, irgendwann würde es sicher in die Luft gehen. Dann wären wir hier weiter weg als woanders.

Papa hat geantwortet, solche Geschichten seien eigentlich nichts für Kinder, und hat mich zum Spielen zu Perro, dem Restauranthund, hinausgeschickt.

Zwei Tage lang haben sie in Calamayor weitergestritten, dann hat Mama gesiegt. Gleich darauf hat sie in der Inselzeitung das Angebot entdeckt: »Kleines ruhiges Bauernhaus, sieben Kilometer vom Meer, an Dauermieter zu vergeben.«

Am liebsten wäre sie gleich dageblieben, aber das ging nicht, wegen unserer Angelegenheiten. Ein blödes Wort. Wenn ein Erwachsener nämlich etwas vorhat, braucht er zuerst ein paar Wochen Zeit für seine Angelegenheiten. Und die sind langweilig wie graue Regentage allein zu

Hause und ein Grund, weshalb ich nie erwachsen sein möchte.
Danach ging aber alles ziemlich schnell, jedenfalls kam es mir so vor. Zu Hause meldete Papa mich von der Schule ab, und Frau Ehrenfried strich mir über die Haare und sagte: »Du kannst einem ja leid tun, armes Kind! Sei aber versichert, daß du jederzeit in die Klassengemeinschaft zurückkehren kannst, falls deine Eltern sich getäuscht haben sollten.« Wegen der Klassengemeinschaft tat es mir nicht leid, nur wegen Joschi und Manuela, die doch meine besten Freunde waren.
Oma hat Mama Vorwürfe gemacht. »Man gibt doch nicht so einfach seine Existenz auf«, hat sie gesagt, »und seine Heimat. So einfach kann man doch nicht in ein fremdes Land ziehen …«
»Doch, ich kann«, hat Mama geantwortet.
»… und wie die ersten Menschen leben«, hat Opa gesagt, »womöglich ohne Elektrizität und ohne Hygiene.«
»Ihr werdet schon sehen, daß das geht.«
Da hat Oma gestöhnt, »ach Kind«, hat sie gesagt. Auch Opa war aufgeregt. »Und wenn es kein Wasser mehr gibt? In der Zeitung stand, daß das Wasser knapp ist auf diesen Inseln.«
»Dann waschen wir uns nicht mehr«, hat Mama geantwortet.
»Ich mache mir solche Sorgen!« Oma hatte ganz traurige Augen, und ich habe meine Arme um sie gelegt, um sie zu trösten.
»Ihr kommt uns dann immer besuchen und bleibt ganz lange«, habe ich vorgeschlagen.

»Ich steige in kein Flugzeug«, hat Opa gemurmelt, und Oma: »Wir sind noch nie im Leben geflogen.«
Für Papa ist es auch nicht einfach gewesen. So schnell könne er »Karlo's Laden« nicht loswerden, man müsse erst einen finden, der einem den Laden abkauft oder mietet. Und noch einen, der einem hilft, sechsunddreißig Kisten zu packen. Mit den Sachen, die Papa so kauft oder verkauft, je nachdem. Zwei Kisten mit übriggebliebenen Uniformen und eine mit Soldatenmützen. Vier mit Wiener Kaffeehausgeschirr, drei mit Kleidern aus der Rumpelkammer, eine mit afrikanischen Sonnenbrillen, eine mit Schlangenhaut. Sechsunddreißig Kisten, von denen die Hälfte jetzt drüben in der Scheune steht und die andere Hälfte auf dem Speicher in der Unterstraße. Die müsse dort bleiben, bis wir eine Zollgenehmigung erhielten, sagte Papa. Unsere ganze Existenz sei jetzt auf dem Speicher, und wieder sei Mama schuld daran.
Dann zogen wir aber um.
Auf dem Fluß zu Hause hatte Nebel gelegen, auf der Insel glühten der Himmel und das Land von der Tageshitze, und wir brauchten nachts nur ein Bettlaken zum Zudecken. Ich und Tarzan bekamen Moskitonetze, von denen Papa eine ganze Kiste voll hatte, und die Fliegen tanzten Samba darauf. Fünfundneunzig zählte ich an unserem allerersten Tag, und noch einmal so viele hielten das Fenster besetzt. Es waren andere Fliegen als bei uns zu Hause: Sobald die Sonne auf sie schien, bekamen sie Lust zu beißen. Jetzt haben wir Klebefallen aufgehängt, widerliche klebrigbraune Papierstreifen, auf denen die Fliegen landen, aber nicht mehr starten können. Hunderte kleben schon daran,

so daß wir bald neue Streifen kaufen müssen in dem kleinen Laden von Cascada. So eine Klebefalle sei zwar nicht tierfreundlich, sagt Papa, aber einer von uns müsse dran glauben, die Fliegen oder wir.
In dem Laden war es auch, wo Mama Eileen getroffen hat. Sie wohnt wie Arti in einem ausgebauten Schafstall, auf der anderen Talseite, und sie kannte das Fliegenproblem. Vermutlich sei unser Pozonegro nicht geleert, meinte Mamas neue Bekannte, von der noch die Rede sein wird. Der Pozonegro ist eine zugedeckte Grube hinter dem Haus, in die das Abwasser fließt, in Cascada gibt es nämlich keine Kanalisation.
Wenn er zu voll sei, ziehe er Tausende von Fliegen an. Eileen hatte sicher recht. Manchmal, wenn der Wind von den Bergen kam, wehte uns auf der Terrasse Pozonegroduft um die Nase, und die Fliegen setzten zum Angriff an.
Ich fand das Bettnässerhaus aber trotzdem auf Anhieb toll. Zum Beispiel, weil die Küche eine runde Decke hat. Und weil der Tisch und die Bank aus Stein gemauert sind. Und weil ich und Tarzan unter einem Moskitonetz schlafen. Und weil über der Eingangstür orangerote und lila Schlingpflanzen wachsen. Und weil zwischen dem Reisglas und der Nudeldose eine niedliche Maus wohnt, die die Wände rauf- und runterlaufen kann.
»Wir brauchen dringend eine Katze«, hat Mama eines Abends gesagt, als Twiggy (so habe ich die Maus getauft) auf der Nudeldose saß, Makkaronistücke in den Vorderpfoten hielt und an ihnen knabberte. Das sah sehr süß aus. Ich wünschte mir zwar auch eine Katze, aber nicht, daß die Katze Twiggy verjagte.

Ich glaube, Mama kann zaubern. Am nächsten Tag nämlich saß eine schwarze Katze vor der Tür. Sie hinkte, und man konnte fast alle Rippen sehen, so mager war sie. Wenn man sie anfassen wollte, lief sie sofort weg und versteckte sich hinter den Kakteen, die vor dem Bettnässerhaus wachsen.

Aber Mama kochte ihr einen Topf voll Polenta und stellte ihr eine Plastikschüssel mit Wasser auf die Terrasse. »Laßt sie in Ruhe, sie muß sich an uns gewöhnen«, sagte sie.

Die Katze hatte ein spitzes Gesicht mit ängstlichen Augen und Riesentüten als Ohren. Ich fand sie nicht schön, aber Mama schien sie zu gefallen.

Nach zwei Tagen war die Katze noch genauso scheu und ließ niemand an sich heran außer den Flöhen, die ohnehin schon auf ihr saßen und die sie wegzukratzen versuchte. Ihr Hals sah ganz kahl aus. Mama schlug vor, daß die Katze Puma heißen sollte, und niemand hatte etwas dagegen.

Nach einer Woche gewöhnte sich Puma an uns und an Twiggy, unsere Küchenmaus. Twiggy verspeiste ungestört Käsereste und Tarzans Zwieback auf dem Küchentisch, während Puma auf dem Fensterbrett saß und sich nicht um uns kümmerte.

Eigentlich hätte jetzt alles gut sein können. Die Luftveränderung hatte gewirkt, mein Husten war so gut wie verschwunden, auch konnte Mama ohne Kernkraftwerk endlich durchschlafen. Das Wetter war jeden Tag aufs neue schön. Lila und orangerote Inselblumen schwangen über unserem Frühstückstisch auf der Terrasse, und es gab weder einen Morgenstau auf der Uferstraße noch ein Martinshorn, das täglich neue Unfälle ankündigte. Mama

mußte sich nicht mehr den Streit der Kniebels mit anhören, die die Eltern der Mülltonnenmafia waren. Aber Papa war mit alldem nicht zufrieden.
Einmal sagte Mama beim Frühstück: »Schau, Karlo, ist der Himmel hierzulande nicht höher als daheim bei uns?« und deutete in die Luft.
Papa erschlug gerade mit der Fliegenklatsche die fünfundzwanzigste Fliege. Sie fiel rückwärts in das Aprikosenmus, wo sie beinezappelnd klebenblieb. Von da holte Papa sie mit der Messerspitze heraus. »Wenn du mich schon fragst«, knurrte er, »ich finde nur, daß der Himmel hier voller Fliegen ist.« Er fuhr fort, um sich zu schlagen. »Und feste Butter wäre mir manchmal lieber als ranzige Flüssigbutter«, maulte er weiter. »Ja, was gäbe ich nicht für ein schönes kühlschrankkühles Bier und eine Zeitung, die nicht schon eine Woche alt ist!«
Unzufrieden war Papa, und Mama machte sich über ihn lustig. Ein »Zivilisationsopfer« nannte sie Papa, einen »Konsumgeschädigten«.
»Dann mußt du halt nach Hause fahren«, forderte sie ihn schließlich auf, und Papa meinte, daß er dies ohnehin vorgehabt hätte. Es sei geradezu eine Notwendigkeit. Solange er hier keinen Laden habe, müsse er von zu Hause aus Handel betreiben.
Unsere Eltern waren zerstritten.
»Ich fahre nach Cascada«, meldete Papa kurz nach dem Frühstück durchs Küchenfenster, »und höre mich wegen eines Ladengeschäftes um.«
Mama antwortete nicht. Sie kochte einen großen Topf Polenta für Puma und stupste die geschmähte Butter in die

Wasserschüssel, die wir zur Butterkühlung nehmen, denn einen Eisschrank gibt es im Bettnässerhaus nicht, überhaupt kein Elektro. Die dampfende Polenta stellte Mama an den Rand der Terrasse unter den Zitronenbaum. Puma hatte, als er kam, eine Freundin dabei, eine häßliche Schmutzigweiße mit einem dreieckigen Gesicht und schrägen, ängstlichen Blicken.

Auf der Bank unter dem Küchenfenster überlegte ich, was man mit zerstrittenen Eltern tut, und sah den wilden Katzen zu. Die Polenta war wohl noch zu heiß zum Essen, denn die Katzen schlugen mit den Pfoten in die Schüssel. Dabei war so ein schöner Tag, wir hätten ans Meer fahren können. Aber Papa blieb beim Streiten. Als er zurückkam, mit einem Kasten Bier und einem Kasten Trinkwasser, blieb er vor Mama stehen, die sich gerade mit Karottencreme einschmierte. »Und überhaupt«, sagte er, »günstig liegt das Haus hier nicht, wo man keinen Schritt zu Fuß tun kann und für jeden Furz das Auto nehmen muß.«

»Jaja, dann such du uns ein anderes!« sagte Mama.

Ich dachte an Manuela. Die glaubt nämlich, daß man Streittage gleich erkennt, weil sie immer eine Drei im Datum haben. Und wir hatten den Dreiundzwanzigsten. Papa lief dann im Hof hin und her wie ein Tiger im Käfig, aber nur da, wo Schatten war. Sobald er in die Sonne kam, drehte er um und lief nach der anderen Seite. Das tat er eine ganze Weile. Es sah fast so aus, als wäre er doch lieber bei den Kernkraftwerken als auf unserer neuen Insel.

»Papa?« sagte ich. »Papa, gefällt es dir hier nicht?«

Endlich blieb er stehen. »Doch!« antwortete er. »Doch, eigentlich schon. Die Sache ist nur die: Ich brauche etwas

zu arbeiten, verstehst du, Sweety, und einen Laden. Schließlich kann ich nicht den ganzen Tag in der Sonne herumliegen.«

»Du könntest dich mal um deinen Sohn kümmern«, rief Mama aus der Küche, »ich falle dauernd über ihn.«

Papa hievte den Hosenpisser auf seine Schultern und stieg mit ihm langsam den Hügel hoch, der hinter dem Haus liegt. Von dort oben aus kann man das Meer sehen und ganz große Schmetterlinge, die Schwalbenschwänze heißen. Papa ging gern dorthinauf, das wußte ich. Manchmal kam er am Morgen vom Hügel zurück und legte etwas Schönes auf den Frühstückstisch, ein buntgeringeltes Schneckenhaus, einen seltsam geformten Stein, einen vertrockneten Agavenstengel, einmal sogar eine geschnitzte Hirtenflöte, auf der aber niemand von uns spielen konnte. Papa hatte für all die schönen Dinge einen Kasten gebaut, der stand jetzt in der Halle. »Unser Inselmuseum«, hatte er den Kasten genannt.

Mama trat aus der Tür. Sie hatte ihre Tigerhose an und die große Basttasche über der Schulter. Am Ohr baumelte der Affenzahn-Ohrring, den zieht sie nur an, wenn sie etwas Wichtiges vorhat. »Hopp, ins Auto«, sagte sie zu mir, »wir fahren ins Dorf, Papa hat das Brot vergessen.«

Am Platz, der hier Plaza heißt, liegt die Bäckerei und auch die Bar. Wie ein Dreieck ist er geformt, von staubigen Nadelbäumen beschattet, die hier Pinien heißen. In der Mitte steht ein Denkmal, das angeblich einen Schmugglerkönig darstellt. Im Schatten saßen alte Frauen und ein paar Touris und fächelten sich Luft zu.

Mama betrat die Bar, in der ich nur Männer sitzen sah, und lehnte sich an die Theke. Sie bestellte einen Kaffee und zündete sich eine Zigarette an. Ihre finstere Miene verscheuchte sogar die Fliegen. Sie musterte die Männer, die Kognak und Kaffee tranken und ihre Zigarettenstummel auf den Steinboden warfen. Später kam eine Frau mit einem Putzeimer und kehrte den Unrat zusammen.

Ich ging hinüber zu den scheppernden Spielautomaten, die von einem großen, grinsenden Burschen in einer zerfetzten Jeansjacke in Gang gehalten wurden. Er mußte gegen Außerirdische kämpfen, verlor aber immer, und ich kehrte an die Theke zurück.

Mama unterhielt sich. Der Jemand, der nicht gerade wie ein Touri aussah, sprach Deutsch. Touris erkennt man gleich: an zu kurzen Shorts, am Fotoapparat, am Sonnenbrand und am Wörterbuch. Dieser Jemand trug geflickte Jeans, einen Lederhut und hatte Tätowierungen bis hinauf zur Schulter. »Ist das deine Tochter?« fragte er und musterte mich.

»Mama, ich will Limo«, sagte ich schon zum zweitenmal.

Mama nickte. »Das ist Liane, sie müßte dringend wieder zur Schule, bevor sie mir ganz verwildert.«

Der fremde Mann lachte, daß man seine häßliche Zahnlücke sah. »Erzähl mal von dir«, forderte er mich auf, »was du so machst und so.«

»Sag ich nicht, und du?«

»Von mir kannst du alles erfahren«, sagte er. »Ich bin Bauer und heiße Arti.«

Bauern sahen anders aus, wahrscheinlich verkohlte er mich, wie die meisten erwachsenen Männer.

»Tätowierte Bauern gibt es nicht«, sagte ich.
»Hier schon«, behauptete er und ließ seine Tätoschlange auf dem Arm tanzen. Jetzt sah sie aus, als hätte sie ein Schwein verschlungen. Ich mußte darüber lachen, Mama auch. Der Bauer sprach dann mit dem Barmann, und der ließ aus einem Glasautomaten knallgelbe Limo in ein fleckiges Glas laufen und stellte es mir hin.
Mama und der Bauer unterhielten sich weiter. Es war von einem Feld die Rede mit einem zerfallenen Schafstall darauf. Einem Feld, das zu verkaufen sei und das genau zwischen Cascada und Muca liegen sollte. Und von einer gewissen Marguerita, der das Feld gehörte.
Mama war ganz verrückt auf das Feld und auf den Schafstall, das konnte ich sehen. Sie lachte endlich wieder, erzählte Storys aus unserem Leben und rauchte noch eine Zigarette. Bis ihr einfiel, daß die Bäckerei um eins zumachte und wir ja immer noch kein Brot hatten. Mama zog gleich los. Alle Männer glotzten auf ihre Tigerhose, als sie nach draußen ging.
»Und du wirst also bald hier zur Schule gehen?« wandte sich Arti an mich.
»Einen Dreck werde ich.« Ich schaute auf die Plaza hinaus und nuckelte an meiner Limo, bis Mama mit zwei langen Weißbroten zurückkehrte.
»Wenn ihr das Grundstück sehen wollt«, sagte Arti, »kommt morgen gegen sechs hierher, ich sage Marguerita Bescheid.«
»Okay«, sagte Mama, »wir kommen.«
So haben wir Arti kennengelernt.

Eileens Schiff

Da, wo unsere Auffahrt von der Straße abbiegt, liegt ein Schiff am rechten Straßenrand.
Das Schiff hat mich gleich interessiert. Es ist fast zehn Meter lang, und sein bauchiger Leib erinnert an einen Walfisch, der gestrandet ist. Die Farbe ist an vielen Stellen abgeblättert, trotzdem leuchtet es schon von weitem blau und geheimnisvoll. Ich glaube, das Schiff träumt. Von einem Felsen, unter dem Muränen wohnen, von einer weiten Bucht mit weißem Wellengekräusel, vom Wind, der singt, und von einer glänzenden Möwenschar, die hinter ihm her ist. Lange muß es schon so gelegen haben, denn ringsum wuchern hohe Margeritenbüsche, und blaue Winden haben sich mit kleinen Klammerwurzeln in alle Fugen gesetzt und halten das Schiff fest.
Was tut ein träumendes blaues Schiff allein an der Straße von Cascada nach Manaflor? Das hätte ich gern gewußt. Aber Mama war in Eile und trieb uns vor sich her. Ich hüpfte, so hoch ich nur konnte, um einen Blick ins Innere des Bootes zu werfen, aber ich kam nicht einmal bis in die Höhe des Bootsrandes. Es war fast so hoch wie ich und Tarzan zusammengenommen.
Wir waren auf dem Weg zu Eileen. Dort sollten wir bleiben, solange unsere Eltern das Marguerita-Grundstück besichtigten.
»In zwei Stunden sind wir zurück«, sagte Mama. »Macht mir keine Schande und ärgert Eileen nicht.«
»Haben wir ja noch nie«, sagte ich, und das war die reine

Wahrheit. Eileen mag ich. Sie ist groß und weich und freundlich, und obwohl sie Englisch spricht, kann ich fast alles verstehen. Sie ist unsere Nachbarin und, wie Mama meint, ein Geschenk des Himmels. Alle paar Tage gehen Papa oder Mama mit unserer schmutzigen Wäsche den Berg hoch zu Eileens Häuschen, weil sie eine Propangaswaschmaschine hat. Wir haben nämlich im Bettnässerhaus keine.

»Hello chickens!« begrüßte uns Eileen, und alle elf Katzen blickten gleichzeitig in unsere Richtung. Um Eileens Körper wand sich eine gelbschwarz geringelte Riesenschlange, die Wasser aus ihrem Maul spuckte, aber nicht mehr lange, denn es war kurz vor halb sieben. Um halb sieben hören nämlich sämtliche Wasserschläuche auf, Wasser zu spucken. In ganz Cascada gurgelt es dann nur noch matt aus den Wasserleitungen. Wer keine Zisterne hat, aus der er mit einem Eimer Wasser hochziehen kann, muß dann Geduld haben. Die meisten Häuser in der Gegend haben eine gemauerte Zisterne, nur das Bettnässerhaus besitzt keine. Deshalb müssen wir jeden Morgen viele Eimer voll Wasser füllen, damit wir auch abends genug Wasser haben. Manchmal haben wir unser Eimerwasser schon verbraucht und können uns am Abend nicht waschen. Das ist aber immer noch besser, als wenn man auf dem Klo sitzt und keines hat.

»Hast du vielleicht zufällig eine Menorquina?« fragte ich Eileen, aber erst, als Mama abgedampft war. Weil sie es nämlich nicht leiden kann, wenn ich Leute anbettle.

Eileen hatte tatsächlich Eis, wenngleich nur Coco-Menorquinas, die ich nicht so gern mag wie Orangen- oder

Ananas-Menorquinas. Aber immerhin. Tarzan bekam auch eine.
Plötzlich bäumte sich die Riesenschlange auf, als wenn sie Bauchweh hätte, und spuckte mich und Tarzan von oben bis unten voll. Tarzan ließ vor Schreck sein Eis fallen, über das sich sofort die wilden Bergameisen hermachten. Eileen lachte und rieb uns mit einem großen roten Badetuch trocken.
Um sieben Uhr wurde es dämmerig, und der Himmel hinter den schwarzen Mandelbäumen bekam die Farbe eines reifen Pfirsichs: rosagelbsaftig. Überall fing es an zu wispern und zu knispern, und die Katzen glitten lautlos in alle Richtungen auseinander, um Beute zu jagen.
»Jetzt kommen die Mandelratten«, sagte Eileen und ließ sich in die rotgestreifte Hängematte neben dem wackeligen Terrassentisch fallen. »Die sehen nach, was noch an den Bäumen hängt. Wollt ihr auch was zu essen, vielleicht eine Tortilla mit Erbsen? Na, wie wär's damit?«
Aber wir wollten nicht, daß sie jetzt wegging und uns allein ließ mit den Knisters und den schwarzen Fledermäusen, die scharf an unseren Nasen vorbei ihre Flugübungen unternahmen. Immer dicht an unseren Köpfen – ich konnte deutlich den Luftzug im Gesicht spüren, wenn eben wieder eine vorbeigezischt war.
Eileen wohnt ganz allein in dem kleinen Steinhaus, allein mit Trudy, Emily, Tiny, Winnie, Peggy, Suzie, Lenny und wie sie noch alle heißen, die jetzt auf Beutezug in den Mandelfeldern waren. Und natürlich mit Sindbad, dem einzigen Mann im Haus. Eileen hatte Sindbad aus England mitgebracht. Der Hund hatte dort immer Schnupfen

gehabt, weil ihm das feuchte englische Klima nicht bekam. Und Eileen war das Klima dort auch nicht bekommen, besonders das in ihrem verräucherten Büro, wo sie früher absolut ätzende Texte fabriziert hatte: ausgerechnet Texte über das gute englische Seeklima oder vorzügliches englisches Hundefutter oder hervorragende englische Rasenmäher. Ja, das hat Eileen Mama erzählt. Eines Tages, erzählte sie Mama, als sie gerade ihre fünfzigste Zigarette geraucht und einen absoluten Überfliegertext von einer Insel im Mittelmeer getippt hatte, also an genau diesem Tag sei's geschehen: Da habe sie beschlossen, ihr Zimmer mit den schrägen Wänden zu kündigen, ihren Mini vollzuladen und mit Sindbad auf dem Beifahrersitz abzudampfen in Richtung Süden, wo diese Insel lag. Jetzt wohnt sie hier und arbeitet bei Frau Tortilla und Herrn Calamares in einem Restaurant in Cascada und freut sich, wenn sie nachts nach Hause kommt und von den Nachthühnern und den Mandelratten begrüßt wird.
Zwischen Haus und Hügel sah man gerade noch einen Zipfel vom blauen Schiff, und davor hüpfte das Glühwürmchen von Eileens brennender Zigarette.
»Ich wüßte zu gern«, sagte ich zu Eileen, »wie ein Schiff sich auf eine Straße verirrt.«
»Das wüßte ich auch gern«, sagte Eileen. »Eines Tages war es da, und keiner in Cascada hat gesehen, wie es dahingekommen ist.«
»Ist es jetzt deines? Es steht ja direkt an deiner Einfahrt.«
Eileen lachte leise in ihrer Hängematte. »Solange niemand es mir wegnimmt«, antwortete sie, »solange ist es meins.«

»Wer sollte es dir denn wegnehmen?« wollte ich wissen.
»Na ja, es gibt Tage«, sagte Eileen, »da heult mein blaues Schiff vor Unzufriedenheit. Dann bettelt es den Himmel um eine Sintflut an, oder es wünscht sich Elefanten, sechs afrikanische Elefanten, die es in den nächsten Hafen ziehen. Stell dir mal vor, du wärst ein Schiff und müßtest das ganze Jahr über im Trockenen sitzen.«
»Pfui Teufel«, sagte ich.
»Na bitte«, sagte sie und nach einer kurzen Pause: »Dann gibt es aber auch Tage, da freut sich mein Schiff, zum Beispiel, wenn die Winden blühen und es aussieht wie ein riesiger Blumenstrauß.«
Jetzt versank das Schiff gerade in der Dunkelheit, und der Pfirsichhimmel war nur noch am unteren Rand dunkelrot gefärbt.
»Ich habe ihm versprochen«, fuhr Eileen fort, »daß ich es abholen lasse und zum Fischerhafen nach Cabo Blanco bringe, sobald ich irgendwie zu Geld komme. Und daß es dann eine lange Seereise machen darf, oder es darf geschmückt mit auf den Schiffskarneval des Sant' Juan. Das habe ich ihm versprochen, denn ich habe lieber zufriedene Schiffe vor meiner Einfahrt als unzufriedene.«
Ich wäre gern dabei, wenn sechs afrikanische Elefanten das Schiff zum Meer ziehen, dachte ich bei mir. Hoffentlich verpasse ich das nicht.
Sindbad heulte mit hochgereckter Schnauze in die Finsternis hinein. Tarzan war in der Hängematte eingenickt.
»Es wäre besser, wir gingen jetzt rein«, sagte Eileen. »Wir könnten ganz viele Kerzen anzünden und damit die Moskitos vertreiben.«

»Oder hierbleiben und die Fledermäuse zählen.«
Ein Lichtfinger huschte über das dunkle Land, ergriff für einen Moment das Schiff und blieb dann unten auf der Straße stehen.
»Kennst du die Navetas?« fragte Eileen.
Schon wieder ein Wort, das ich nicht kannte. »Navetas? Nein, wo wachsen die?«
»Die wachsen nicht mehr«, antwortete sie, »die sind ausgewachsen. Schiffe aus Stein, stehen mit dem Bug nach Westen, und keiner weiß Genaues über sie – nicht, wo sie herkommen, noch, wie alt sie sind. Tausende von Jahren müssen sie alt sein, Grabmäler von alten Seefahrerfürsten vielleicht. Womöglich sind auch ganze Mannschaften unter ihnen begraben. Ah, die müßt ihr euch anschauen!«
Ich wollte eben fragen, wo man diese aufregenden Navetas denn sehen könnte, da lief Sindbad hinaus auf den Weg, winselte und wedelte, und gleich darauf trat Papa aus der Dunkelheit. Schade, gerade jetzt, wo es richtig interessant wurde. Ob wir nicht noch ein halbes Stündchen dableiben konnten?
»Nein«, sagte Papa. »Mama ist zu müde, um den Weg hochzusteigen, und wartet unten im Auto.«
»Auch nicht auf ein Glas?« lockte Eileen.
»Heute nicht, Eileen, wir sind staubig vom Landvermessen und hoffen auf eine Dusche«, sagte Papa und holte den schlafenden Tarzan aus der Hängematte.
»Und nun seid ihr Landbesitzer?« fragte Eileen noch.
»Nicht ganz, bis jetzt gehört uns nur ein Drittel. Noch ist Señora Marguerita die Eignerin.«
»Geh mir fort – die alte Hexe!« murmelte Eileen.

»Alte Hexe, wieso?«
»Weil sie jedes Äckerchen zu Geld macht. Frag mich, was die Alte mit dem ganzen Geld tut. Wahrscheinlich vergräbt sie es unter der Matratze. Dabei lebt sie in einem Schweinestall und läßt ihren armen dünnen Mann Lastwagen fahren.«
Papa mußte lachen. »Solange sie uns nicht das Fell über die Ohren zieht ...«
Eileen winkte ab. »Nein, geh mir fort mit der! Erzähle lieber: Habt ihr einen Wasseranschluß auf dem Grundstück? Das ist hier das einzige, was zählt. Habt ihr keinen, könnt ihr den Acker gleich wieder verkaufen, aber sicher nicht so teuer, wie ihr ihn gekauft habt.«
»Ha! Hab ich's mir doch gedacht. Steht hier herum und schwätzt.«
Das war Mama.
»Gerade wollte ich gehen«, entschuldigte sich Papa.
»Na dann, noch auf ein Glas ...«, sagte Mama. Wir blieben also noch! Eileen ging, von Minnie, Winnie und Suzie begleitet, ins Haus und kehrte mit Kissen, Gläsern und Flaschen bepackt zurück.
Es würde gewiß eine lange Nacht werden, eine von den Nächten, in denen ich irgendwann aufwachte, vom Nachtwind geweckt oder von ihren Stimmen, wenn sie sich wilde Storys erzählten, oder von anderen Stimmen da draußen zwischen den alten Tancas: der traurig blökenden des Nachthuhns, der geheimnisvollen des Käuzchens oder dem lauten Schnarren der großen Zikade. Sie gossen sich zu trinken ein und zündeten sich Zigaretten an, und jetzt hatte ich ganz plötzlich auch Hunger. Wenn ich jetzt eine Tortilla

mit Erbsen gehabt hätte! Aber nun bot Eileen mir keine mehr an.
Papa malte ein Bild in die Dunkelheit. Von einem Haus, das einmal unseres werden sollte. Ganz anders sollte es sein als das, was wir jetzt bewohnten. Ein Schloß sollte es werden, ein ganz einfaches Schloß mit einem Hof und Säulen. Mit einer Palme davor und einer Pergola für die heißen Stunden am Mittag. Und mit einer Halle, in die ein sehr langer Tisch passen müßte. Und natürlich mit einem Kamin, groß und mächtig, durch den man den Himmel sehen könnte. Papa wollte dazu noch einen Weinkeller und Mama einen Kräutergarten.
»Und ich bitte einen Schloßteich«, fiel mir ein.
»Ganz wie Sie wünschen, Prinzessin«, sagte Papa in übertriebenem Ton. »Mit einem Gärtner, einer Köchin und einem Schloßherrn, der das alles bezahlen kann.«
Eileen lachte. »Das ist doch keine Kunst, wir sind ja alle Millionäre. Sieh bloß mich an! Bin ich nicht reich?«
»Reich an Katzen«, bemerkte Papa.
»Reich an Leben«, sagte Mama, und das klang sehr klug.
»Ich hätte noch gern ein Himmelbett in unserem Schloß«, meldete ich mich, »aber nicht im selben Zimmer wie Tarzan.«
»So?«
»Ja, weil er schnarcht, hört ihr das etwa nicht?«
Alle wurden still. Da hörten sie's auch: Tarzan sägte gerade einen Urwald um.
»Die müssen dringend ins Bett. Träume von Himmelbetten bedeuten höchste Alarmstufe. Komm, Karlo, laß uns an unserem Schloß morgen weiterbauen.«

»Ach ja, wenn es nur schon soweit wäre«, seufzte Papa. »Aber vorher ist ja noch endlos viel zu tun. Zum Beispiel braucht man zum Schlösserbauen Genehmigungen.«
»Habt ihr nicht einen Schafstall irgendwo auf dem Gelände?« fragte Eileen.
»Doch, haben wir«, bestätigte Papa. »Wieso?«
»Weil ihr dann erst einmal euren Schafstall aufbaut, daran kann euch keiner hindern. Ihr baut einfach euer Schloß auf den Schafstall, das machen hier alle so, und inzwischen stellt ihr euren Antrag beim Ayuntamiento, das ist die Gemeindeverwaltung.«
»Und das geht, ganz ohne Schaf?« fragte Mama.
»Ein Schaf? Ihr könnt da draußen doch eines halten, ein gemütliches, dickes, das euch das Unkraut wegfrißt. Nichts ist einfacher, als ein Schaf zu halten.«
»Im Augenblick ist mir nicht danach«, sagte Papa, »nicht, bevor ich in Deutschland alle unsere Angelegenheiten geregelt habe.«
Eileen lachte leise. »Okay, ihr habt also noch Angelegenheiten in Deutschland, das ist schlecht. Angelegenheiten sollte man schnellstens vergessen, sie stören nur, wenn man hier leben will.«
»Er weiß immer noch nicht, ob er wirklich hier leben will«, sagte Mama. »Es müßte erst ein Kernkraftwerk in die Luft fliegen, bevor er sich entscheiden kann.«
»Sie übertreibt«, sagte Papa. »Es ist nur alles etwas komplizierter, als ihr Frauen euch das denkt.«
»Wieso kompliziert?« fragten Eileen und Mama wie aus einem Mund.
Jetzt hatte Papa genug und erhob sich. Und Winnie, Lissy,

Peggy, Minnie und ein paar andere sprangen uns leise murrend zwischen die Füße. Papa knipste die Taschenlampe an. Als wir an dem blauen Schiff vorbeikamen, schien eine ganze Mannschaft an Deck zu sein. Ihr Getrippel und Gezischel war deutlich zu hören. Weiß der Himmel, was sie da trieben. Vielleicht luden sie das Schiff mit Vorräten voll, weil sie morgen in See stechen wollten. Oder waren es Schmuggler? Davon hatte doch Arti kürzlich erzählt: vom Schmugglerkönig Juan March, dem fast die ganze Insel gehörte, und von den alten Schmugglerpfaden, die durch die Macchia führten und noch immer benutzt wurden. Vielleicht war das Schiff ein Schmugglernest und sein Bauch voller Zigarettenkisten. Und Eileen, die Ahnungslose, wußte gar nichts davon. Bei Tageslicht müßte man das einmal untersuchen.

Aber auch Mama und Papa schienen halb taub zu sein. Dabei sah man doch alles ganz deutlich oder besser gesagt undeutlich. Als Papas Lampenstrahl über die rissigen Wände glitt, gingen sie natürlich sofort in Deckung: schweinsnasige Matrosen, affenartige Passagiere, kugeläugige Segler – ich rieb mir die Augen. Herrje, war ich müde! Beneidete meinen Bruder, der wie ein nasser Sandsack über dem breiten Rücken meines Vaters hing und einfach schlief.

Wartet nur, ihr Gesindel!

»Was hast du eben gesagt?« fragte Mama.

»Ich? Ach, nichts.«

»Sie träumt schon mit offenen Augen«, sagte Mama leise.

Das Schafstallschloß

Wie halten die Erwachsenen das bloß aus? Ständig mit Problemen und Angelegenheiten zu tun zu haben und mit anderen Erwachsenen, die auch bloß Probleme und Angelegenheiten haben. Und immer müssen sie gerade auf die Bank gehen oder auf ein Einwohnermeldeamt oder ein anderes langweiliges Büro. Wenn ich daran denke, wie das Leben von Erwachsenen ist, wird mir ganz mulmig zumute. Niemals will ich so werden wie sie! Meine Eltern sind nun leider auch keine Ausnahme.

Papa stand an seinem Schreibtisch in der Portassa und wühlte wie ein Dackel zwischen Papieren herum, oder er lief hinüber in die Scheune, mit einem mörderisch scharfen Messer in der Hand, und stach Probelöcher in seine Kisten, um nachzusehen, was darin war.

»Gerade eben ist mir doch eine Ratte über die Füße gelaufen«, berichtete mir Papa im Hof, und das war gewiß das Interessanteste, was mir an diesem Morgen zu Ohren kam.

Ich hatte die Ratte auch schon gesehen, vor zwei Tagen an der Mauer. Sie war gar nicht besonders scheu, an einer Mandel knabbernd hatte sie mich aus schwarzen Äuglein beobachtet. Ratman hatte ich sie getauft. Und gestern abend war sie mir nochmals begegnet, an Pumas Trinknapf, da war Ratman mit einer Freundin da. Ganz klar: Ratman und Ratwoman. Hoffentlich waren die beiden klug genug, sich für heute nicht noch einmal blicken zu lassen, dann würde Papa wohl im Lauf des Tages nicht

mehr daran denken. Er sollte bloß nicht auf die Idee kommen, Jagd auf sie zu machen!
Ich sah Tarzan zu, der mit den Ameisen spielte und ziemlich zufrieden wirkte. Mit ihm konnte man auch nichts anfangen. Es war grauenhaft. Plötzlich wurde mir entsetzlich klar, was mir fehlte und was ich alles in Deutschland zurückgelassen hatte. Joschi und Manuela! Unsere Höfe an der Unterstraße stießen aneinander. Unsere Höfe mit den Brunnen, wo wir uns gegenseitig getauft und Treue geschworen hatten. Die ganze Mülltonnenregion, die wir drei beherrscht hatten! Jetzt waren sie ganz allein mit der Unterstraßenmafia.
Und ich?
Ich hier auf einer einsamen Insel im weiten Ozean, Tausende von Seemeilen entfernt. Ausgesetzt und ohne Freunde. Ich tat mir richtig leid. Erst heute nachmittag würde Land in Sicht kommen. Da wollten wir wenigstens hinaus in die Pampa zu dem steinigen Acker dieser unverschämten Marguerita fahren. Und ich hatte fest vor, diesen Ausflug zu einer Entdeckungsreise zu machen. Es mußte einfach was geschehen! Die Liebe meines Lebens müßte mir über den Weg laufen oder wenigstens ein Laden mit Menorquinas. Jedenfalls irgend etwas, weshalb es sich lohnte zu leben.
Bloß, was tun, wenn noch Ewigkeiten zwischen diesem langweiligen Morgen und der Entdeckungsreise lagen? Ich beschloß, an Joschi und Manuela zu schreiben. Wer weiß, ob ich nicht eines Tages Mama verlassen und auf einem Floß zurück nach Deutschland paddeln würde. Auch wenn ich dort wieder meinen Husten bekäme. Besser Freunde

und Husten, als ohne Husten zwischen lauter Angelegenheiten dahinzuvegetieren.
Das Dackelbriefpapier war aufgebraucht, und ich holte mir bei Papa Schneckenbriefpapier.
»Liebe Freunde!« schrieb ich auf dem wackligen Terrassentisch. »Wenn Ihr wüßtet! Wo wir jetzt sind, das ist etwas anderes als die Unterstraße. Wir wohnen in der Wüste und haben manchmal tagelang kein Wasser. Unser Schiff ist hier gestrandet, und leider besitzen wir nicht genügend Werkzeug, um es wieder flottzumachen. Inzwischen hat sich eine Schmugglerbande darin eingenistet. Wenn Ihr wüßtet! Mit der Ernährung klappt es leider auch nicht so richtig. Unsere Hauptnahrung besteht aus Kakteen, Feigen und gebratenen Ameisen, gelegentlich gibt es auch einmal eine Menorquina oder eine Tortilla española. Wir sind von Eingeborenen umgeben. Natürlich sprechen sie hier eine andere Sprache, nicht etwa Spanisch, das ginge ja noch. Ein Kauderwelsch, wenn Ihr mich fragt! Aber meine Mama ist so affengeil auf diese Insel, daß sie sogar dieses Kauderwelsch lernen will. Sie kann sogar auf eine Waschmaschine und einen Eisschrank verzichten, hat sie gesagt, und selbst ranzige Butter auf dem Brot macht ihr hier nichts. Kernkraftwerke soll es hier jedenfalls keine geben. Auch keine Autostaus ab vier Uhr auf der Uferstraße. Also, es ist hier gesund, sagt Mama. Außer daß uns dauernd Moskitos stechen. Sie sagen, daß es hier im Winter nie schneit, und Schule gibt es natürlich auch keine, jedenfalls habe ich noch keine gesehen.
Was macht denn die Mülltonnenmafia? Wußtet Ihr, daß es hier steinerne Schiffe namens Navetas gibt? Keiner weiß,

wie die hier gelandet sind, weil Steine ja bekanntlich untergehen, auch solche, die wie Schiffe aussehen. Vor drei Wochen habe ich an der Cala Muca noch eine Muräne gesichtet, aber jetzt ist es zappenduster mit Zummeergehen, oweia, was für ein Wort! Allerdings: Heute nachmittag steht eine Entdeckungsreise ins Haus, mit Schatzsuche und so. Wir sind auch dabei, hier ein Schloß aufzubauen, das früher ein Schafstall war. Näheres berichte ich Euch später, falls ich nicht bald vor Ödigkeit ein Floß besteige und nach Deutschland zurückpaddle. Ach ja: Meine Hauptfreunde sind die Clipper. Sie heißen auch Tümmler oder Delphine. Die schwimmen in ganzen Rudeln an unserer Insel vorbei und singen. Ja, ehrlich, Papa hat sie auf der Überfahrt von Barcelona hierher dreistimmig singen hören. Und der versteht was davon, weil er mal Chorknabe war.

Nun müßte ich noch was von Eileen erzählen, die jetzt im Restaurant arbeitet und elf Katzen hat. Weil elf eine wunderheilige Zahl ist. Also, Eileen wurde hier angespült, so ähnlich wie wir. Sie sieht aus wie eine wandelnde Glocke und ist eine wunderbare Frau, nicht nur, weil sie eine Waschmaschine hat.

Eben höre ich: Nahrung fassen. Tschüs, schreibt auch mal! Übrigens, der Postbote von Cascada hat ein Restaurant namens Pueblo. Ihr könnt also immer dorthin schreiben, weil wir manchmal da Essen fassen, Eure Liana.«

Das mit dem Essen stimmte. Mama hatte eine ihrer berühmten Polentas gekocht, Puma und seine Freundin können ein Lied davon singen. Papa hatte seine Angelegenheiten geordnet. Sein Seesack stand bereits vollge-

packt an der Portassatür und regte mich auf. Weil der Dickwanst mir meinen Papa nach Deutschland entführen würde und ich dann keinen mehr zum Boulespielen hätte. Ich verpaßte ihm im Vorbeilaufen einen Fußtritt, und mein Brüderchen, der das mit ansah, gab ihm auch gleich einen, weil er bekanntlich immer alles nachmacht.
Nach dem Essen war es dann endlich soweit: Es konnte losgehen. Unser Grundstück liegt meilenweit weg. Man muß erst nach Cascada fahren und von da nach Muca. Von Muca aus sind es dann immer noch zwei Kilometer, von denen einer über den jämmerlichsten Camino führt, den ich je gesehen habe.
Woran Papa unser Grundstück erkennen konnte, weiß ich nicht. Wo doch alle Mauern, an denen wir vorbeifuhren, ganz gleich aussahen. Und alle Einfahrten ebenfalls. Hinter jeder Mauer wuchsen die gleichen dürren Mandelbäume fast ohne Blätter und das gleiche trockene Unkraut. Und hier wie da ragten die gleichen kantigen Steine aus der roten Erde. Und ich hatte mir doch etwas so Schönes vorgestellt.
»Hier sind wir!« gab Papa bekannt.
Das also war nun unser Grundstück. Ich gab Eileen ganz recht, wahrscheinlich hatte Papa sich von der Hexe Marguerita übers Ohr hauen lassen. Wo sollte man denn auf diesem Acker ein Schloß bauen?
»Schaut euch bloß mal um!« Papa schleuderte begeistert die Arme in die Luft. »So eine Weite!« Und er schwenkte Tarzan hoch über seinen Kopf.
Außer Weite war wirklich nichts zu sehen, und ich schaute Mama an. Die stand über das wackelige Holztor gelehnt,

das demnächst auseinanderkrachen würde, und lächelte mild.
»Der schwarze Schlauch, der dort aus dem Boden kommt«, sagte Papa, »seht ihr den? Das ist unser Wasseranschluß. Ha! Eileen wollte uns bloß einen Schreck einjagen.«
Der Boden sah kahl aus, wie aus Beton, und mir war zum Heulen zumute.
Vor einem elenden Mauerrest blieb Papa stehen. »Genau hier kommt die Eingangshalle hin«, sagte er und faltete einen Fetzen Papier auseinander, auf den er einen Plan gezeichnet hatte. »Und daneben die Küche«, fuhr er fort. »Natürlich mit einem Kamin, in dem man eine Schweinehälfte räuchern kann.«
Mama sagte, sie wolle da aufwachen, wo früh die Sonne aufgeht, und Papa zeigte auf die Ruine eines Johannisbrotbaumes, der von Schutt umgeben war, und erklärte: »Der wird in der Mitte unseres Hofes stehen, sozusagen als atmosphärischer Mittelpunkt.«
Der redete vielleicht ein Zeug! Sehnsüchtig dachte ich an die Höfe zu Hause, einer neben dem anderen, ein Meer von Höfen. Ich seufzte laut.
»Was ist los mit dir, Sweety?« Mama betrachtete mich überrascht. Selbst die eigenen Eltern verstehen einen nicht. Wenn alles nichts hilft, kann ich ja immer noch auf ein Floß steigen, dachte ich.
Ein großer bunter Vogel segelte ganz nah vorüber, der hatte ein schickes Streifenmuster auf den Flügeln.
»Sweety, du wolltest doch neulich wissen, wie ein Wiedehopf aussieht«, sagte Papa. »Das ist jetzt einer.«

Der Wiedehopf schien sich auf dem Gelände auszukennen, und ich beschloß, ihm zu folgen. Meine Eltern zogen gerade die Meterstäbe aus den Hosentaschen – die Zeit war gekommen, in den Untergrund zu gehen, bevor sie Duschplätze, Speisekammern und andere langweilige Angelegenheiten auszumessen begannen. Wenn es wenigstens noch Zugbrücken gewesen wären oder Schießscharten, Schloßgräben und Turmzimmer.
Der Wiedehopf war nach Osten geflogen. Ich lief also Richtung Osten und stieß auf einen Trampelpfad, der in eine Ecke unseres Grundstücks führte, wo ein großes Kakteengebüsch wucherte. Eine gute Gelegenheit, Pipi zu machen. Natürlich mußte man Augen und Ohren offenhalten, nicht nur wegen dieser verdammten Stacheln. Erst neulich hatte Mama mir welche mit der Pinzette rausoperiert, ohne Narkose, das war vielleicht ätzend.
Nein, auch deswegen, weil es hier von Schlangen und Skorpionen sicher nur so wimmelte. Ein falscher Schritt, und so ein Ding, sagen wir mal 'ne Korallennatter, hing einem um den Hals.
Natürlich war der Wiedehopf inzwischen längst über alle Berge, und ich saß allein hier fest, ohne Kompaß und ohne Machete. Ich hatte ja schon heute morgen geahnt, was auf mich zukommen würde. Das Grundstück dieser Marguerita sah natürlich nur so aus, als ob es hier nichts Besonderes zu entdecken gäbe. In Wirklichkeit gab es hinter den Kakteen ein sauber getarntes Eckchen, das allem möglichen Gelichter als Unterschlupf diente.
Einen Erdüberhang, fast eine richtige Höhle hatten die sich als Versteck eingerichtet. Ich verpaßte einer verroste-

ten Konservendose einen Fußtritt. Reste einer Feuerstelle waren zu sehen, verkohltes Papier waberte noch im Wind. Das nennt man Spurenbeseitigung. Wahrscheinlich tauchten sie hier unter, wenn sie auf dem Schmugglerpfad quer über die Insel zogen. Vielleicht führten sie auch eine Geisel mit sich. Eines war mir klar: Die schreckten vor nichts zurück. Das konnte man an den überall herumliegenden Knochen sehen. Sicher quälten sie ihre Opfer. Ein flacher, länglicher Knochenschädel glotzte mich böse an. Ich gebe zu, daß ich meinen ganzen Mut brauchte. Richtig mulmig war mir. So geht es mir ja meistens: Erst fängt der Tag langweilig und öde an, nichts geht, und dann bin ich plötzlich in einem Drama oder in einem Schmugglernest. Wahrscheinlich hatten sie ihr Netz über die ganze Insel gespannt, und im blauen Schiff war ihre Zentrale. Es wimmelte ja auf der Insel von Verstecken.
»Hola!« krächzte ein Rabe über mir. Erschrecken ist kein Ausdruck für das, was mir durch die Glieder fuhr.
Nein, ein Rabe war es nicht. Zwischen den Kakteenohren erschien das Gesicht eines alten Mannes. Eigentlich sah es nicht direkt wie ein Schmugglergesicht aus. Aber wer weiß, die sind ja so raffiniert!
Das Gesicht redete zu mir herab, aber ich verstand kein Wort, weil es in diesem Kauderwelsch war und dem Mann auch noch so viele Zähne fehlten. Neben dem Alten sah ich noch mehr Gesichter, die von rotbraunen Schafen. Alle glotzten durch die Kakteen zu mir herüber. Na ja, zu dieser Bande gehörte er wohl nicht. Ich beschloß aber trotzdem, mich zurückzuziehen.
Mama und Papa hatten mich bis jetzt noch nicht vermißt.

Sie waren immer noch total beschäftigt mit dem Schlösserbauen.
»Ich habe einen Mann gesehen«, sagte ich.
»Sooo?« machte Mama.
»Er läßt mitten zwischen Schlangen und Skorpionen seine Schafe weiden und glotzt dabei durch die Kakteen.«
»Einer aus der bekannten Rasse der Kakteenglotzer«, meinte Papa uninteressiert.
Ich ärgerte mich über meine Eltern. Ihren Mist sollte man interessant finden. Ob Mönche und Nonnen* auf dem Dach liegen sollten oder nicht und ob man im ersten Stock den Kirchturm von Muca sehen würde. »Ich habe ein richtiges Massaker mit ansehen müssen«, sagte ich laut.
»Soll die Palme besser hier stehen oder da?« fragte Papa.
»Hinter den Kakteenbüschen hat ein richtiges Massaker stattgefunden«, versuchte ich es noch einmal.
»Sweety, wir sind gleich soweit«, meinte Mama. »Dir ist sicher langweilig, das kann ich verstehen. Ich finde Häuserbauen auch nicht so interessant wie dein Papa.«
»Aber darin wohnen wollt ihr später schon.« Papa kam mit rotem Kopf vom Boden hoch. Er steckte den Daumen in den Mund, der war ganz blau. Da hatte er sich wohl gerade mit der Axt draufgeklopft.
»Vorsicht, Hammer und Axt sind nichts für Kinder«, sagte ich. Papa setzte sich neben Mama auf den Boden

* Das sind Dachziegel.

und lächelte schief. Mama strich ihm tröstend über seine unordentliche Frisur.
Ich wollte auch getröstet werden. Weil sie schuld daran waren, daß ich jetzt keine Freunde mehr hatte.
»Nächste Woche melden wir dich endlich in der Schule an«, sagte Mama.
»Hättet ihr längst tun sollen«, mischte Papa sich ein.
»Wieso? Wo du dir doch nie sicher warst, ob du hierbleiben wolltest?«
»Aber jetzt baue ich für euch das Schafstallschloß«, sagte Papa und betrachtete seinen pflaumenblauen Daumen.
Ich sah den Ameisen zu. Sie hatten eine Straße durch das steinige Gelände gelegt. Darauf schleppten sie alles mögliche zu einem Erdloch, kreisrund und schwarz. Darum herum verlief ein rötlicher Wall. Die Ameisen überquerten den Wall, kippten ihre Lasten ins Loch und machten wieder kehrt. Manche klimperten einander mit den Fühlern an, die waren sicher miteinander befreundet. So kleine Ameisen hatte ich noch nie gesehen. Eine Ameise ist nie allein, dachte ich. Wo eine ist, sind immer viele. Zu Hause hatte Mama oft gesagt, die Stadt sei wie ein Ameisenhaufen. Mama hatte das Leben in der Stadt nie leiden können.
Es wurde windig. Der Wind wirbelte roten Staub vom Boden auf.
»Ich glaube, es ist Zeit«, sagte Papa.
Mama hielt einen angefeuchteten Finger hoch. »Das ist der Tramuntana«, sagte sie, »der bringt schlechtes Wetter.«

»Hoffentlich schaukelt er morgen mein Schiff nicht zu sehr«, sagte Papa und wickelte ein Taschentuch um seinen Daumen. Mama bot ihm an, das Auto zu lenken, aber Papa wollte selber fahren. Ich war ziemlich müde. Trotzdem spürte ich, daß meine Eltern traurig waren. Sie redeten nichts mehr, und nur Tarzan grunzte und quiekte hinten auf dem Kindersitz wie Margueritas Ferkel bei der Glasscherbenhütte. Jedesmal wenn Papa nach Deutschland fährt, haben wir alle miese Stimmung.
»Wirst du klarkommen?« hörte ich Papa fragen. »Ich meine, so allein hier mit den Kindern?«
»Ich komme schon klar«, sagte Mama. Wenn man sie so betrachtete, glaubte man es ihr. Mama sah aus, als könne ihr nichts geschehen. Ihre Augen waren blau und klar, ihre Stirn hoch und breit, und ihre roten Locken standen angriffslustig um ihr Gesicht. Obwohl sie die Sprache hier kaum konnte, verstanden die Leute in der Tienda und auf dem Markt sie. Ich hatte schon einmal geträumt, daß ein Wind mich aufhob und davontrug. Mamas Beine jedoch hatten fest wie Säulen auf dem Boden gestanden, und sie hatte mich am Bein festgehalten.
Papa schob das morsche Brettertor vor unsere Einfahrt. »Wenn ich wiederkomme, müssen wir uns nach einem Maurer umschauen«, sagte er und fuhr rückwärts den steinigen Pfad hinunter.
»Bringst du unsere Möbel mit?« fragte ich Papa.
Er seufzte. »Unsere Möbel will ich alle verkaufen«, antwortete er.
»Meinen Mickyschrank auch?«
»Na, mal sehen«, sagte Papa. »Wenn unser Schloß erst

einmal steht, kaufen wir uns hier neue Möbel, oder wir machen uns, was wir brauchen, selber. In meinem Laden habe ich früher auch alles selber gemacht.«
Mama lachte. »So sah es auch aus.«
Papa ließ sich nicht beirren. »Und wir werden Hühner und Enten halten. Stell dir vor: jeden Tag ein frisches Ei von unserem Huhn.«
Ich stellte mir haushohe Wellen vor und darauf das Schiff, mit dem Papa morgen fahren wollte. Und wie die Wellen das Schiff hochwarfen und dann wieder fallen ließen. Wie ein Segel nach dem anderen in Fetzen ging und die Brecher über das Deck klatschten. Und er müßte dann in so ein Rettungsboot steigen. Und das Rettungsboot würde kentern ...
»Ich freue mich schon darauf, wenn wir anfangen zu bauen«, sagte Papa. »Als ganz kleiner Junge wollte ich immer eine Burg bauen. Wenn man einen Stein auf den anderen legt, und man sieht das Haus langsam wachsen, und man weiß: Da werden deine Kinder drin groß – das ist ein schönes Gefühl.«
Ich hätte heulen können. Wegen dem Sturm auf dem Meer und überhaupt. Dann ging es plötzlich nicht mehr weiter. Rotbraune Schafrücken verstopften den Camino. Es staubte. Papa mußte hinter der Herde herfahren. Mindestens fünfzig Schafe drückten sich durch den engen Camino, und ein alter Mann mit einem langen Stock und einer kleinen Trompete um den Hals war bei ihnen. Nun steckte unser Auto mittendrin, und die Schafrücken rumpelten gegen die Türen. Ein Schafbock spuckte gegen meine Fensterscheibe. Die Spucke lief

langsam am Glas herab, und sein Auge war ganz nah an meinem Gesicht. Ein gelbes großes Auge, in dem senkrecht wie ein Strich die schwarze Pupille saß.

Der Schäfer stieß in die kleine silberne Trompete, die auf seiner Brust baumelte. Da tauchte plötzlich ein Hund auf und trieb die Schafe in ein Feld.

Jetzt sah ich, daß es der Alte von vorhin war. Er hob die Hand und grüßte Papa und Mama. Seine Zahnlücken grinsten.

»Wie freundlich die Leute hier noch sind«, sagte Papa.

»Ja, anders als in Deutschland«, bestätigte Mama.

Als wir fast vorbei waren, tat es einen Schlag. Was war das? Papa fuhr herum. Ich hätte schwören können, daß der Alte mit seinem Stiefel gegen das Auto getreten hatte.

»Muß wohl ein Stein gewesen sein«, meinte Mama.

»Denkste, das war der Kakteenglotzer«, sagte ich. Ich sah durch die Rückscheibe, wie er grinsend hinter uns her winkte. Jetzt war ich mir sicher, daß er etwas mit der Schmugglerbande auf unserem Grundstück zu tun hatte, der Scheinheilige. Und Mama und Papa ahnten nichts und wollten unbedingt dort bauen. Na, es war schon eine gruselige Ecke, das Stück Acker, das Marguerita meinen Eltern aufgeschwatzt hatte. Man mußte hier die Augen offenhalten.

Papa guckte in den Rückspiegel. »Du bist heute ziemlich schlechter Laune«, sagte er zu mir.

»Wieso? Ich habe doch gar nichts gesagt?«

»Ich spüre so was«, meinte er.

Als wir uns dem Bettnässerhaus näherten, sah ich schon von weitem, daß ein weißer Zettel an dem blauen Schiff klebte. Papa ließ mich unten an der Ecke aussteigen, weil ich es so wollte.
Der Zettel war mit Klebstreifen festgemacht. »Vamos a comer«, stand darauf und die zwei Buchstaben B und J. Eine geheime Botschaft, was mochte sie bedeuten? Wenn ich nur irgend etwas gehabt hätte, um hochzusteigen und ins Innere des Schiffes zu sehen. Ich schaute mich um, aber da war nichts, was zu gebrauchen gewesen wäre.

Jungfrauenfest

Zehn Tage war Papa nun schon fort, und wir hatten fast kein Geld mehr. Vom Auto aus sah ich den Männern zu, die an einer Seite der Plaza ein Holzgestell zusammennagelten. Mama war schon seit einer Ewigkeit drüben in der Bank.

Was sollte das auf der Plaza wohl werden? Ein Jahrmarkt vielleicht? Ich wünschte es mir, viel los war ja hier nicht bis jetzt.

»Scheißspiel«, hörte ich da Mamas Stimme hinter der gläsernen Eingangstür zur Bank schimpfen. »Warum lassen diese Machos mich nicht an unser Konto? Was denken die sich, wovon soll ich meine Kinder ernähren?«

Sie war auf hundert, das konnte jeder hören.

Ein Fußball schoß aus der Tür des Bankraums und rollte über die Straße, und gleich hinterher schoß ein Junge, ungefähr so alt wie ich. Er lief fast in ein Auto, um seinen Ball wiederzukriegen.

Dann sah ich Mama herauskommen, mit einer blonden Frau, die ihren Geldbeutel hervorzog. »Ich helfe gern«, sagte sie und hielt Mama Geldscheine hin. »Wieviel brauchst du, zehntausend, fünfzehntausend?« Sie sprach Deutsch, aber es klang nicht deutsch, eher ein bißchen französisch.

»Ich weiß gar nicht, wie ich danke sagen soll.« Mama lächelte die Frau zuckersüß an. »Hast du Zeit für einen Kaffee? Dann gebe ich dir meine Adresse.«

Das paßte mir gar nicht. Wenn sie da erst mal festsaßen,

war der Vormittag gelaufen, den Strand konnte ich mir dann abschminken.
Mama hob Tarzan aus dem Auto und setzte sich mit ihrer neuen Bekannten auf die verrosteten Stühle, die an der Straße standen.
»Ich bin Janine«, sagte die Frau zu Mama, »und wie heißt du?«
Ich hatte mir gleich so was gedacht: Der blonde Junge mit dem Fußball war ihr Sohn. Wir könnten ja inzwischen Bekanntschaft schließen, meinten unsere Mütter. Wieso eigentlich? Bloß weil sie sich gleich duzten? Ich hatte jedenfalls wenig Lust auf eine Bekanntschaft mit diesem Tibo. Er schien mir ein richtiger Mutterbubi zu sein, so fein, wie der angezogen war. Die Mülltonnenmafia hätte den fertiggemacht, mit solchen machte die kurzen Prozeß.
Er schien auch nicht viel Lust zu haben, mit mir zu spielen. Ja, wenn ich Football könnte, meinte er und kickte den Ball von einem Fuß zum anderen. Wir stritten uns, wie das Wort geschrieben wird. Er schrieb mit der Schuhspitze FUTBOL in den Sand und sagte: »Ich geh in Muca in die Schule.«
Wenn sie das hier so schrieben, würde ich lieber nicht in diese Schule gehen.
»Kannst du tauchen?« fragte ich, und er antwortete, daß er Asthma habe. Was das mit Tauchen zu tun hatte, verstand ich nicht.
Rings um den Platz wurden nun Bänke aufgestellt. Große Mädchen kamen und sahen den jungen Männern kichernd dabei zu.

»Heute ist nämlich Jungfrauenfest«, sagte Mamas neue Bekannte und stand auf. »Habt ihr Lust, heute abend beim Tanz zuzusehen?«
Mama verabredete sich mit Janine beim Postmann. Darauf freute ich mich, vielleicht wartete dort ein Brief von Joschi oder Manuela.
Auf dem Weg zum Auto kamen wir an einer blaugestrichenen Tür vorbei, wo zwei große Mädchen auf einer schwarzen Platte etwas brutzelten. »Das sind Bunyols«, sagte Janine, »die gehören auch zum Jungfrauenfest. Ein Mädchen, das mit einem Jungen gehen will, muß erst einmal gute Bunyols backen können, und beim Tanzen darf sie keine Fehler machen. Wollt ihr einen Krapfen haben?«
»Hast du das gehört, Sweety?« Mama zwinkerte mir zu, und Tibo lachte dämlich. Was gab's denn da zu feixen? Daß diese Mädchen da mitmachten, bloß um mit einem Jungen zu gehen! Ich hätte dazu keine Lust. Lieber ging ich zum Tauchen bei den Felsen an der Cala Muca. Wenn man Glück hatte und lange genug stillhielt, konnte man eine Muräne sehen oder einen Tintenfisch, dazu brauchte man doch keinen Jungen. Ich kenne überhaupt keine Jungen, die ich richtig mag, außer Joschi vielleicht. Und Tarzan, aber der schnarcht im Bett und riecht auch manchmal nicht gut.

Der Postmann abends nickte. Ja, er hätte einen Brief für uns.
»Bestimmt von Joschi und Manuela«, sagte ich, aber der Brief war von Oma und Opa. Janine meinte, ein Brief nach

Deutschland brauche mindestens zehn Tage, deshalb könne noch gar kein Brief von meinen Freunden da sein.

Wir mußten eine Ewigkeit auf unsere Calamares warten. Die zwei Typen am Nachbartisch sahen ziemlich finster aus. Wahrscheinlich waren es wieder mal Schmuggler. Ich hätte ja mit Tibo über meine Beobachtungen reden können, wenn er bloß nicht so blöd gewesen wäre und den ganzen Abend mit einem blödsinnigen Taschenrechner idiotische Aufgaben gerechnet hätte.

»Er ist so gut im Rechnen«, sagte seine Mutter, »sein Vater ist nämlich Atomphysiker.«

Das hätte sie lieber nicht sagen sollen. Weil Tibo daraufhin sofort zu niesen begann und nicht mehr aufhören konnte. Er nieste und nieste auf seine Calamares, und bei dreiundzwanzig Niesern hörte ich auf mitzuzählen.

»Das ist die Allergie«, sagte Janine und führte Tibo schnell vor die Tür. Dort hörte ich ihn weiterniesen.

»Das arme Kind«, meinte Mama. »Du mußt nett zu ihm sein, er ist so krank.«

Ich bekam dann erklärt, daß Tibo mit seiner Mutter hierhergezogen sei, weil die Luft hier reiner sei als auf dem Kontinent. Jedes Jahr gebe es mehr Allergie. Die sei heimtückisch und verstecke sich überall. Vielleicht sei sie in den Calamares, die Tibo gerade gegessen habe, oder sie schwirre in der Luft herum. Manchmal verstecke sie sich auch auf Katzen oder auf einer Pflanze.

Ich hatte gleich einen Verdacht: der Rechenautomat. Natürlich. In ihm saß diese Allergie, wo denn sonst? Das gefährliche Ding lag direkt vor mir auf dem Tisch und

sandte wahrscheinlich die ganze Zeit über allergische Strahlen aus.
»Entschuldigt mich«, sagte Janine schon zum drittenmal und brachte Tibo neue Tempos nach draußen.
»Die Ärmste, ihre Fischsuppe wird ja ganz kalt«, sagte Mama.
Tibo kam nicht mehr zu uns herein, er aß auch seine Calamaresringe nicht auf, und ich und Tarzan durften so viel essen, wie wir konnten. Den Rest packten wir für Puma ein.
»Wir sehen uns später auf der Fiesta«, erklärte Janine und gab Mama noch mal Geld, damit sie ihr Essen mitbezahlen konnte. Den allergischen Rechenapparat ließ sie liegen.
»Die Frau ist in Ordnung«, meinte Mama. »Wenn sie nicht gewesen wäre und uns Geld geliehen hätte, müßten wir jetzt Polenta essen, bis Papa wiederkommt. Daß sie so ein krankes Kind hat! Sein Vater lebt in Deutschland, hab mir gleich gedacht, daß sie geschieden ist.«
»Ich würde es lieber nicht anfassen«, sagte ich, als Mama das Rechending in die Hand nahm. Sie steckte es aber trotzdem in ihre Basttasche. Der Fernseher über der Eingangstür brachte Nachrichten, es gab Bilder von einer Demo gegen Kernkraftwerke und dann das Wetter. Über ganz Europa waren Wolken eingezeichnet, nur da, wo unsere Insel liegt, nicht.
Der Mond stand genau über dem Kirchturm von Cascada, und alle Menschen und Tiere schienen zu dem Platz zu strömen, wo am Morgen das Podest und die Bänke aufgestellt worden waren und von wo jetzt Musik herüberklang. Ich hörte jemand andauernd niesen – wahrschein-

lich Tibo. Ich nahm mir vor, möglichst nett zu ihm zu sein. Tarzan war auf Mamas Schulter eingeschlafen, und sie legte ihn auf den Autorücksitz, ohne daß er aufwachte.
Die Musik, die zu uns herüberwehte, klang lustig, und man hörte das Scharren der vielen Füße auf der Plaza. Vor den Haustüren saßen jetzt alte dunkle Frauen bei einem Windlicht zusammen, strickend oder mit verschränkten Armen. Ein lauer Wind bewegte die Baumkronen über der Plaza, und es roch nach Fichtennadelsalz. Ganz oben rutschte eine Sternschnuppe langsam und hell den Nachthimmel herunter. Es müßte einem sofort etwas einfallen, das man sich wünschte, aber mir fiel einfach nichts ein. Später kamen mir dann eine Menge Wünsche in den Sinn: daß Joschi und Manuela schreiben sollten, daß wir einen Hund bekämen, daß ich eine Freundin fände, daß Papa wieder nach Hause käme. Ich wußte aber nicht, ob das Wünschen da noch etwas half.
Alle Bänke und Stühle an der Plaza waren nun besetzt. Man hatte gelbe und rote Lämpchen aufgehängt, die im Abendwind hin und her schwangen, und die hohen Bäume warfen tanzende Schatten ringsum auf die Häuserwände. Auf der Holzbühne, die die Männer am Morgen aufgebaut hatten, standen die Musikanten. Ein dicker Dudelsack rempelte zwei Geigen an und brauchte überhaupt fast die ganze Bühne für sich und sein quäkendes Instrument, so daß er die dünne Flötenfrau und den Gitarrenspieler an die Seite drückte.
Eben begannen sie ein neues Stück, das jeder zu kennen schien. Die alten Leute klatschten in die Hände und sangen mit, und die großen Mädchen sprangen wie auf Kom-

mando in die Mitte. Klatsch, klatsch, zwei Sprünge nach rechts, einmal gedreht, klatsch, klatsch, zwei Sprünge nach links. Dann faßten sich immer zwei Mädchen um die Mitte und hüpften im Kreis, daß die Haare flogen. Alle konnten den Tanz, ob ich ihn auch können würde? Ich sah eine Weile zu und bekam immer mehr Lust, auch zu tanzen. Mama hatte Janine entdeckt und sich neben sie gesetzt. »Tanz doch mit!« rief sie mir zu. »Wo doch alle tanzen.«

Jetzt tanzten sie einen anderen Tanz, den auch alle konnten. Ich versuchte, die Bewegungen der großen Mädchen nachzumachen: Alle Hände flogen zur gleichen Zeit hampelmannhoch, klatsch, klatsch, das ging ja noch. Aber zur gleichen Zeit die Beine, rechtes Bein nach rechts, linkes Bein nach links zu schleudern, Mann, war das schwer. So tanzte ich meinen eigenen Tanz, und die Leute, die in meiner Nähe waren, lachten mir zu und klatschten für mich in die Hände. Darüber freute ich mich und tanzte noch wilder. Jetzt tanzten auch einige Jungen, aber nur miteinander. Und die Lämpchen tanzten, die Sterne und die Baumschatten tanzten, es tanzten die weißen Eierköpfe der Menschen um mich herum und drehten sich wie alles andere wild im Kreis, immer schneller und schneller. Gefangen war ich in einer Spirale aus gelben, roten und weißen Linien, in der ich wirbelte, ohne aufhören zu können. Bis mir so schwindlig war, daß ich mich festhalten mußte. Mama sollte mich halten, wo war sie? Dort oder da? Nichts als wirbelnde Linien waren zu sehen, und als ich stolperte und mich festhielt, spürte ich gleich, daß es nicht die weiche Hand von Mama war, die mich festhielt,

sondern eine harte, rauhe Faust. Sie gehörte einem alten Mann mit wenigen Zähnen und einem großen Nasenhökker. Und der Geruch gehörte auch zu ihm: Knoblauchgeruch von mindestens einem Pfund Knoblauch. Erst wollte er mich nicht loslassen, und die Frauen an seiner Seite lachten. Dann sah ich Mama und strampelte mich frei.
Mama und Janine waren nicht allein. Ein Bärtiger hatte sich zwischen sie gedrückt. Daß er vom Fernsehen sei, erzählte er, und einen Bericht über echte Alternative mache. Er hatte Mama ein Glas mit diesem eklig bitteren roten Zeug spendiert, das sie hier oft vor dem Essen trinken, und quetschte sie nun aus wie eine Zitrone. Mama sah nicht sonderlich begeistert aus. Ob wir politische Motive hätten oder bloß den deutschen Konsumzwang satt, wollte er wissen. Ob die Bewohner von Cascada Mama und die anderen akzeptieren würden – lauter solches Zeug. Und wovon wir hier eigentlich leben wollten.
Mamas blaue Augen waren ganz klein, und ihre Stirn war nicht so hoch und breit wie sonst. Jeder konnte sehen, daß sie müde war, bloß der Fernsehheini nicht. Der quatschte immer noch, über lauter Dinge, die man nicht sehen und nicht riechen konnte und schon gar nicht hören oder anfassen. Eben über Angelegenheiten, in die fast alle Erwachsenen verschossen sind.
»Mannomann, du fragst zuviel«, sagte Mama. »Sei doch mal still und guck dich hier um! Wo in Deutschland findest du so was? Da braucht man doch keine Fragen mehr zu stellen. Das Leben selbst ist die Antwort.«
Der Fernsehheini guckte sie groß an. Bah! Stolz war ich auf

meine Mama. Manchmal fielen ihr echt gute Sachen ein, so gute Sachen, daß den anderen nichts mehr einfiel. So wie jetzt gerade.
»Weltklasse«, sagte der Mann, »das Leben selbst ist die Antwort, das klingt geradezu philosophisch. Denken die anderen hier auch so wie du?«
»Wie die anderen denken, weiß ich nicht«, antwortete sie, »nur daß ich ziemlich müde bin und mich auf mein Bett freue.«
Sie winkte Janine zu und stand auf. Ich war froh, daß es jetzt nach Hause ging.

Über Stürme, Steine und Mamas Laden

Es gibt Tage, an denen man schon beim Aufwachen weiß, daß sie schlecht weitergehen. So einer wie heute. Mit dem Wind fing es an. Der rappelte und rüttelte nachts an unserem Haus. Ich wachte auf, weil die Fenster klapperten. Auf der Terrasse fiel etwas um, und in dem großen Küchenkamin, der durch das ganze Haus führt, blies der Wind Posaune. Er war heimtückisch. Versteckte sich oben in den Mandelgärten, nahm dann plötzlich Anlauf und warf sich mit aller Macht gegen die Hauswand. Jetzt konnte ich nicht mehr einschlafen, hörte Tarzan schnarchen und sah den hellen wilden Wolken zu, die über den schwarzen Himmel rasten. Der Steinboden war plötzlich kalt. Zu Hause hätte ich jetzt die Lampe angemacht und so lange gelesen, bis es hell wurde. Aber hier gab es ja nicht mal Elektro und außer einer sausenden Gaslampe unten in der Portassa nur eine total verrußte Petroleumfunzel in der Küche. Die Kerzen in unserem Zimmer waren nur für Notfälle. Bis zu uns heraus eine Feuerwehr käme, meinte Mama, wäre das Bettnässerhaus längst abgebrannt. Deswegen hatte sie uns verboten, Kerzen anzuzünden. Man mußte also daliegen und nachdenken, bis es endlich hell wäre, und mit dem Strandausflug würde es bestimmt auch nichts werden wegen dem Irrsinnswind. Es war nicht nur *ein* Wind, der sich über das Haus hermachte, es waren mindestens zehn, und sie kamen von allen Seiten.
Endlich wurde es draußen heller. Tarzan wachte auf und rief nach Mama so lange, bis sie kam und krächzte:

»Mannomann, heute habe ich kein Auge zugekriegt wegen dem Irrsinnswind.« Sie fuhr sich mit den Fingern durch die borstig abstehenden roten Haare und tapste gähnend nach unten Richtung Küche.

Draußen knallten Schüsse, und das Echo hallte von den Hügeln gegenüber zurück, es hörte sich ganz nah und sehr gefährlich an.

»Das sind gewiß diese verrückten Männer aus Cascada, von denen Arti neulich erzählt hat«, knurrte Mama mit heiserer Stimme, während sie unsere Frühstücksflocken und die Feigenmarmelade aufs Tablett stellte. Im Milchtopf zappelte eine Fliege um ihr Leben.

»Was für verrückte Männer?« wollte ich wissen.

»Alle Männer«, antwortete Mama. »Arti sagt, hier darf jeder auf die Jagd gehen, und jeder wartet nur darauf, daß die Jagdsaison eröffnet wird.« Jetzt hatte sie die Fliege endlich auf der Messerspitze.

»Und auf was schießen die?« Das wollte ich doch genau wissen.

»Auf alles«, sagte Mama, »was sich bewegt.«

Tarzan beobachtete die Fliege mit den angeklebten Flügeln, wie sie eine Milchspur auf der Steinplatte machte.

»Die schießen auch schon mal auf Katzen oder Hunde«, berichtete Mama.

»Hast du dann keine Angst um Puma?«

Mama zuckte die Achseln. »Eigentlich nicht«, sagte sie.

Der nächste Knall kam von unten, von der Straße, und ich rannte zum Fenster, um etwas zu sehen. Ich hatte einen fürchterlichen Verdacht: ob das nicht eher feindliche Schmugglerbanden waren, die sich da unten ein Gefecht lieferten um Eileens Schiff, in dem bestimmt die Zentrale untergebracht war. Man konnte sehen, wie das hohe Schilfgras an der Straße sich im Wind bewegte, und eine rote Staubwolke, die der Wind vor sich hertrieb, sonst nichts, keinen Menschen weit und breit, nicht einen einzigen. Da war ich etwas enttäuscht. Als ich mich umdrehte, klatschte Tarzan gerade mit der flachen Patschhand auf die Fliege.

Endlich hatte Mama den Tee fertig, und wir beschlossen, in der Küche zu frühstücken, weil es hier wärmer und gemütlicher war als in der zugigen, düsteren Portassa. Mama fiel plötzlich Omas Brief ein, gestern abend hatte sie vor lauter Quatschen keine Zeit zum Lesen gefunden.

»Meine Lieben«, las sie vor, »es ist schon so lange her, daß wir von Euch gehört haben. Jetzt, wo die Tage bei uns immer kürzer werden, vermissen Vater und ich Euch sehr.« Mamas Stimme wurde leiser und leiser, schließlich verstummte sie.

»Lies weiter!« forderte ich.

»Daß wir uns große Sorgen um Euch machen, wißt Ihr ja. Nun haben wir neulich im Fernsehen gesehen, was auf solchen Inseln alles passieren kann. Zum Beispiel werden Touristen dort oft ausgeraubt. Schließt bloß Euer Haus fest zu. Auch soll es Banden geben, die mit Rauschgift handeln. Ja, und im Meer soll es gesundheitsschädliche Kolibakterien …«

Mama stöhnte auf und ließ den Brief sinken. »Typisch Mutter«, sagte sie, »für sie lauern überall Gefahren.«

»Weiter!« sagte ich. Mir wurde immer klarer, daß ich mit meiner Schmugglerbande ganz richtig lag.

»Nix weiter«, meinte Mama und las den Brief allein fertig.
Die Fliegen in der Küche spielten verrückt. In alle Löcher versuchten sie einem zu kriechen, unsere Weißbrotreste mißbrauchten sie als Landebahn, tanzten Samba auf der Butter und machten eine Menge unanständiger Sachen in der Luft, alles während dem Fliegen.
»Erstens Pampers, zweitens Karlo anrufen, drittens Zeitung holen, viertens Arti nach Maurer fragen«, schrieb Mama auf einen Bogen Schneckenpapier und klopfte Tarzan nebenbei auf die Finger, weil er versuchte, erschlagene Fliegen in den Mund zu stecken. »Wascht euch und zieht euch was Wärmeres an«, befahl sie, »wir müssen gleich ins Dorf.«

Der Wind trug Wolken von orangeroten und lila Blüten über die Straße, und vor der Panaderia standen drei sturmzerzauste Krähen und starrten auf zerschlagene Dachziegel. Ansonsten waren die Straßen wie leergefegt, die Häuser verrammelt, die Fensterläden dicht. Nur eine Flasche rollte scheppernd vor unser Auto und weiter bis an die Kreuzung und konnte sich dann nicht entscheiden, ob sie Richtung Muca oder lieber nach Manaflor weiterwollte. In der Nacht hatten sie in der einzigen Telefonzelle von Cascada das Kabel durchgeschnitten. Telefonieren ging also nicht.
In Muca erwischte Mama die letzte Zeitung und ich den ersten Schnupfen. Ob ich von allen guten Geistern verlassen sei, schimpfte Mama, an einem solchen Tag ohne Anorak unterwegs zu sein. Sturmstimmung.

Mama brauchte jetzt dringend einen Kaffee. »Seid Engel und laßt mich in Ruhe die Zeitung lesen«, bat sie und schob mir den kleinen Hosenscheißer hin, auf den ich solange aufpassen sollte. Das paßte mir zwar gar nicht, ich hätte lieber ohne Klotz am Bein die Kirche von Muca untersucht, die aussah wie ein finsteres Gefängnis oder eine alte Ritterburg. Aber das Tor mit den böse blickenden Heiligen zu beiden Seiten war sowieso verschlossen. Alles in diesem Ort schien abgeschlossen. Außerdem hatten wohl über Nacht alle Bewohner das Dorf verlassen, und wir waren die einzigen Menschen hier, die allerletzten.

Der letzte Hund hatte ein schwarzes und ein weißes Auge und sah aus wie ein Pirat. Er pinkelte den linken Heiligen an und dem rechten auf die Füße und dann auch noch an die Kirchentür. Schließlich machte er sich an Tarzan heran, aber da verscheuchte ich ihn.

Als wir in die Bar kamen, faltete Mama gerade die Zeitung zusammen. »Hopp, ins Auto«, sagte sie. »In Cala Muca ist ein Laden zu vermieten, mal sehen, ob der noch zu haben ist.«

Wir fuhren am Meer entlang, das heute schwarz und gefährlich aussah und weißen Schaum schlug. Der Wind warf sich gegen unser Auto und versuchte uns von der Straße zu drücken. Erst unter den großen Pinien am Hafen von Cala Muca ließ er uns in Frieden.

Den Laden fand Mama auf Anhieb, aber es war schon jemand anderer da, als wir kamen. Er stand mitten in der Bruchbude, die noch nicht mal eine Tür hatte. Auch die Wände sahen übel aus. »Hola«, sagte Mama.

Der Mann hatte O-Beine in schwarzen Lederhosen und

hielt ein Radio mit Antenne ans Ohr gedrückt. Er sagte »hallo«, ohne das Radio vom Ohr zu nehmen. Sein Tigerhemd paßte genau zu Mamas Tigerhosen.

Mamas Augen wurden ganz rund vor Erstaunen, dann begann sie zu lachen. »Ich glaube, mich beißt ein Pferd«, sagte sie unter Prusten, »wenn das nicht Menners Lolli ist!«

Sie kannte den Typ und er sie auch, da fiel mir nichts mehr ein, und dem Typ auch nicht.

»Das sind meine Süßen«, stellte Mama uns vor, und Tarzan streckte Lolli die Zunge raus.

»Bist wohl auch verheiratet«, sagte der und wippte auf seinen Knobelbechern. »Wo ist denn der Glückliche?«

Ich fand den Mann nicht besonders, Tarzan auch nicht, und Papa hätte er wahrscheinlich auch nicht gefallen.

»In Deutschland? Das ist okay, den können wir hier auch gar nicht brauchen«, sagte er, »wenn wir den Laden zusammen nehmen.«

Mama schien von dieser Idee begeistert zu sein. »Meinst du, das ginge?« fragte sie.

»Wieso sollte es nicht gehen? Wir machen einfach halbe-halbe«, sagte er. »Halbe Miete, halbe Zeit, morgens bist du hier, nachmittags ich, Renovierungskosten teilen wir.«

»Ich könnte nur umgekehrt«, sagte Mama, »wegen der Kinder.«

Der Kerl sah uns komisch an und wippte auf und nieder. »Soll ich uns 'ne Cola holen?« fragte er dann. »Oder hättste lieber was Scharfes?«

Jetzt würden sie sicher endlos palavern, über alte Angelegenheiten und so. »Ich geh mal eben an den Hafen«, sagte ich.

S711
LIDVEA

»Paß auf Tarzan auf!«
Tarzan, immer Tarzan, konnte ich nie mal allein losziehen? Am Hafen unten saßen Fischer auf der Mole und flickten orangerote und blaue Netze, und ein dicker Junge versuchte Tarzan mit einem Fischkopf angst zu machen, indem er ihm durch die Kiemen hindurchfaßte und das Maul auf- und zuklappen ließ.
»Laß meinen Bruder in Ruhe!« brüllte ich ihn an, da hielt er mir den Fischkopf unter die Nase.
Kalt war es am Wasser, mir lief die Nase, und aus der weißgekachelten Fischhalle roch es schlecht. Nachdem wir eine Weile zugesehen hatten, wie sie die grünen Plastikwannen voller Fische in die Halle trugen und sie dort in hölzerne Vierecke umfüllten, fragte uns einer der Männer, ob wir mit auf sein Schiff wollten. Wir wollten. Mama brauchte das ja nicht zu wissen.
Wir konnten alles anschauen, das Steuerhaus, den Haken, an dem die Netze ins Wasser gelassen wurden, sogar die Kabine, wo Tio Pepe schläft, wenn er müde wird. Das Schiff sah ein bißchen aus wie das an Eileens Einfahrt, nur daß es keine Kabine hatte. Im Wasser unten trieben gelbe und blaue Plastikflaschen.
Als wir wieder an Land gingen, schenkte mir Tio Pepe einen ganz flachen Fisch in Zeitungspapier, den konnte ich kaum halten, so glitschig war er. Und böse glotzen tat er, sicher hatte er einen schlechten Tag gehabt, früh im Meer und jetzt in Zeitungspapier.
Wir gingen mit unserem Geschenk wieder in den Laden, da saßen sie auf umgedrehten Kisten und tranken aus kleinen Plastikbechern, Mama und der andere.

»Wenn du jemand zum Renovieren auftreibst«, sagte er gerade, »kümmere ich mich um die Genehmigung.«
Jetzt sah Mama, was ich in der Hand hatte. Begeistert schien sie nicht darüber. »Soll der etwa für mich sein?« rief sie. »Was ist das überhaupt für ein Fisch? Ist das vielleicht normal, wie der die Augen sitzen hat, beide auf einer Seite?«
»Weiß ich doch nicht, ob das normal ist«, erwiderte ich. Der blöde Fisch rutschte. »Jedenfalls kann ich ihn nicht mehr lange halten.«
Der Glitschfisch rutschte – und klatschte auf den Steinboden. »Ich werd nicht mehr«, rief Mama, und Lolli erhob sich und untersuchte das etwas angestaubte Geschenk.
»Das ist ein Lenguado«, sagte er und drehte ihn auf die Seite. »Ein prima Fisch ist das, wenn ihr ihn nicht wollt, nehme ich ihn gerne.« Und er leckte sich die Lippen. »Mit Knofi, Basilikum und Oliven ...«, schwärmte er.
»Bitte, bitte«, sagte Mama, »laß ihn bloß verschwinden, er sieht wie Tante Hedi aus.«

»Lolli«, sagte Mama in Gedanken, »daß ich den noch mal sehe, und ausgerechnet auf der Insel.«
Wir saßen wieder im Auto und waren auf dem Weg zu Arti, um Punkt vier der Liste zu erledigen. Durch die Caminos sauste der Wind und wirbelte roten Staub auf. Über Artis Haus wehte eine zerschlissene weiße Fahne, was mochte die wohl bedeuten?
Seine Hündin bellte so lange, bis Arti vor der Tür erschien. Die Hündin hatte vier Junge, niedliche schwarze Wollebälle mit gelben Pfoten und Schnauzen. Als ihre Mutter so

bellte, krabbelten sie nacheinander aus der Kiste, wo sie bis jetzt geschlafen hatten.
Arti war bis zum Hosenbund nackt und tätowiert. »Ich bin gerade dabei, ein Badezimmer zu bauen«, erklärte er.
»Ich will dich nur was fragen«, sagte Mama.
»Nein, nein, setzt euch, so habe ich einen Grund aufzuhören.«
Die Hündchen kamen neugierig angelaufen und knabberten an unseren Schuhen. Arti besorgte Wein und Gläser. Bald tauchte ein brauner Ziegenbock auf und untersuchte die Flasche, wurde aber verscheucht.
Arti darf hundert Jahre lang in seinem Haus zur Miete wohnen, die er schon im voraus bezahlt hat, das ist ziemlich lange. Sein Haus hat nur ein Zimmer und eine Hühnerleiter bis unters Dach. Dort ist Artis Schlafplatz. Von seinem Bett aus kann er das Meer sehen, bis hinauf nach Cabo Blanco.
Der Wind raschelte in der halbvertrockneten Palme, die wie ein zerzauster Besen aussah, und wir untersuchten im letzten Dämmerlicht die Gegend um das Haus. Wir durften auf dem Eselskarren sitzen und den braunen Bock bürsten. Die Hündchen sollten wir nicht auf den Arm nehmen, sie seien voller Flöhe, riet uns Arti.
Mama erzählte ihm von dem Laden in Cala Muca und dem Wiedersehen mit Lolli, und er hörte stumm zu. Sie fragte, wo man einen Maurer herbekomme und Farbe zum Ausbessern. Tarzan wurde schon müde und quengelig und ärgerte die Hühner, die sich in Erdlöchern nahe am Haus zum Schlafen gelegt hatten. Er packte sie an den Schwanz-

federn und freute sich, wenn sie dann gackernd auf und davon liefen. Bis Mama genug hatte und ihn zu seinem Schmusekissen auf den Autorücksitz beförderte.
Die Steine, die auf den Mauern lagen, hatten plötzlich Gesichter, jetzt, wo es dunkel wurde.
»Überall ist Leben«, sagte Arti, »man muß nur einmal in der Abenddämmerung durch die Caminos gehen. Stell dich gut mit den Inselgeistern! Den Rat haben mir die Bauern gegeben.«
»Und – hast du?« fragte Mama.
»Das Krokodil dort drüben, siehst du das?« fragte mich Arti. »Das bewacht mein Haus nach Norden. Und der wilde Hund weiter hinten fletscht sein Gebiß nach Süden. Im Osten habe ich gleich drei Wächter, die lebten schon hier, als ich einzog. Glaubt bloß nicht, daß es leicht war, sie zu überzeugen.«
»Warum?« fragte ich.
»Am Anfang machten mir die Kerle das Leben schwer. Polterten nachts mit Getöse von der Mauer und rollten durch den Hof, daß mir Hören und Sehen verging. Manchmal pochten sie auch gegen die Haustür oder versperrten mir den Ausgang.« Arti schüttelte in Gedanken den Kopf. »Die wollten sehen, wer der Stärkere ist. Morgen für Morgen hob ich sie auf und setzte sie wieder auf die Mauer, das kostete Kraft.«
Der Wind fuhr heulend durchs Haus bis hoch ins Dach, das klang unheimlich.
»Aber am Ende hatte ich sie überzeugt«, fuhr Arti mit seiner Geschichte fort, »jetzt weiß ich, daß sie mein Haus beschützen.«

Ganz sicher war ich mir nicht, ob er uns nicht verkohlte. Mama glaubte ihm wohl auch nicht so recht.
»Ich seh's an euren Gesichtern – ihr glaubt mir nicht.« Arti sah uns nacheinander an. »Ich habe das früher auch nicht geglaubt. Aber dann ist etwas passiert, das muß ich euch noch erzählen. Da gab es einen, der kaufte billig Land von den Bauern, das verhökerte er für das Zehnfache an Ahnungslose, die sich hier niederlassen wollten. Dabei gab es dort weder Wasser noch eine Genehmigung zum Bauen – habt ihr übrigens eine? Was, glaubt ihr wohl, ist passiert, na?«
»Keine Ahnung«, sagte Mama.
»Die Steine auf seiner Finca haben ihn erschlagen, so wahr ich Arti Feldmann heiße.«
Mama schüttelte den Kopf. »Solche Geschichten!« sagte sie.
»Doch, doch! Eines Tages fand man ihn begraben unter einer Tanca. Übrigens steht das Haus seitdem leer, niemand wollte es mehr haben. Sie sagen, daß er dort als Poltergeist umgeht.«
Hu, so eine Geschichte! Verstohlen blickte ich mich um, und ich gebe zu, daß mir mulmig war, ziemlich sogar. Es war nun ringsum dunkel, und zwischen den Wolken blitzte ein Stück Mond auf.
Arti zog sich einen Pulli über. »Jaja«, murmelte er und schlürfte sein Glas leer. »Mit der Hacke kommt die Schande, mit dem Pflug die Knechtschaft. Das ist ein alter Spruch, den die Bauern sich hier sagen.«
Ich verstand nicht, was Arti meinte. Als Mama sich erhob, war ich froh. Arti versprach uns einen Maurer, einen Maler

und einen von den süßen Hunden, sobald sie größer seien.

Beim Wegfahren blickte ich mich noch einmal um nach dem dunklen Haus mit der windzerzausten Palme davor. Arti stand als unbewegliche Gestalt am Tor, umgeben von Krokodilen und wilden Hunden. Auch er sah aus wie einer von den Inselgeistern. Ich war erleichtert, als wir aus dem Camino in die richtige Straße einbogen.

»Glaubst du Arti?« fragte ich Mama.

Sie schüttelte den Kopf. »Schließlich lebt Arti allein«, sagte sie. »Wenn einer zu lange allein lebt, wird er sonderlich. Du mußt dir wegen seiner Geschichten keine Gedanken machen.«

Eine Krähe kommt selten allein

In dem streng aussehenden Gebäude der Gemeindeverwaltung, die sie hier Ayuntamiento nennen, mußten wir ziemlich lange warten. Heute sollte ich für die Schule von Muca angemeldet werden. Ich war froh darüber und neugierig, wie es dort wohl sein würde. Mama ärgerte sich, weil »no fumar« auf einem Schild stand, was »nicht rauchen« bedeutet, und weil wir hier schon eine halbe Stunde herumsaßen. Doch da ging eine der hohen schwarzen Türen auf, und ein streng blickender Mann winkte uns herein, der wie ein Polizist aussah. Er trug eine Uniform, die ging ja noch. Aber die Mützen, wie Polizisten sie hier tragen, die sehen einfach lächerlich aus: wie auf dem Rücken liegende Krähen, ja, genauso.

Auf dem leeren Schreibtisch, hinter dem er jetzt thronte, lag auch so eine Nebelkrähe, und ich stellte mir vor, wie er wohl damit aussehen mochte. Sicher einigermaßen komisch, auch wegen dem großen Goldzahn, der im Lampenschein blinkte. Ein Lachen kitzelte mich im Hals. Natürlich weiß ich, daß man bei der Polizei nie lachen darf, deshalb schaute ich ganz fest auf das Bild in dem schwarzen Rahmen, das hinter dem Goldzahn an der Wand hing. Dort waren in langen Reihen mindestens hundert bis zweihundert Männer abgebildet, und alle, aber auch alle hatten auf dem Rücken liegende Krähen auf den Köpfen, blickten dabei aber ganz ernst. Ein Krähenschwarm, der gleich in die Luft gehen würde …

Während Mama den Beamten auf englisch fragte, ob das

hier die Schulanmeldung sei, mußte ich leider doch lachen. Der Goldzahn blickte mich strafend an und sagte zu Mama: »Sie nix Anzeige wegen Dieb?«
»Eine Anzeige? Nein, nein. Ich wollte meine Tochter zur Schule anmelden.«
Erstaunt zog er die Augenbrauen hoch, er schien hocherfreut darüber, daß ich hier zur Schule gehen wollte. »Schule erste Etage«, sagte er und deutete an die Zimmerdecke, wo ich eine riesige Heuschrecke sitzen sah.
»Wenn das so ist«, sagte Mama und erhob sich, »dann danke schön«, und der Goldzahn schnarrte hinter uns her: »De nada«, keine Ursache. Ich grüßte die hundert Krähen auf dem Bild, und schon waren wir draußen.
Das Büro für Schulanmeldungen lag direkt über dem des Goldzahns. Mama zeigte mich der Señora vor und stotterte in Englisch, gemischt mit Französisch, daß ich längere Zeit krank gewesen sei, in Deutschland, und jetzt hier zur Schule gehen wolle und daß wir in Cascada wohnten. Jedenfalls hörte es sich so ähnlich an. Und die Señora rückte an ihrer Brille und sprach sehr schnell und sehr lange, und Mama sagte: »Aha, aha, vielen Dank, aber ich verstehe kein einziges Wort.«
Da lächelte die Dame und sagte auch »de nada«, wie der Goldzahn. Sie überreichte uns noch ein rosa Papier und führte uns zur Tür.
Draußen sagte Mama mit einem Seufzer: »Was ich jetzt brauche, ist ’ne Zigarette, das war wieder mal too much.«
»Wieso, ich fand die Brillenschlange ganz nett«, sagte ich.

»Schon«, antwortete Mama, »aber diese ewigen Sprachprobleme! Ich glaube, ich muß nun endlich einen Sprachkurs machen.«

Das sagte sie wohl schon zum hundertstenmal. Mir fiel noch etwas sehr Wichtiges ein. »Weißt du eigentlich, was ich mir dieses Jahr zu Weihnachten wünsche?«

Mama blickte mich an wie irre. »Wieso Weihnachten?« fragte sie.

»Na, weil nächsten Monat doch Weihnachten ist«, antwortete ich. »Und weißt du, was ich mir da wünsche?«

»Wahrscheinlich einen lila Tauchanzug«, murmelte Mama vor sich hin, »mit gelben Mickymausohren dran.«

»Quatsch!«

»Na, was dann?« fragte sie, aber es klang nicht besonders interessiert.

»Einen Hund«, sagte ich, »und daß Oma und Opa zu uns kommen sollen und Joschi und Manuela.«

»Wo sollen die denn alle schlafen?«

»Joschi und Manuela bei uns und Oma und Opa bei euch.«

Mama lachte. »Ach, so einfach ist das«, sagte sie dann. »Und wer soll die ganzen Flugtickets zahlen?«

Daran hatte ich nicht gedacht. »Vielleicht das Christkind«, schlug ich vor.

»Oma tommen«, rief jetzt Tarzan, »Oma tommen.« Er war richtig aufgeregt.

»Das Christkind ist pleite«, meinte Mama, »weil es einen gewissen Acker mit einer Ruine drauf gekauft hat. Und überhaupt: Letztes Jahr hast du erklärt, du glaubtest nicht mehr ans Christkind.«

»Tu ich auch nicht«, gab ich zu, »aber Weihnachten ist trotzdem wichtig.«
Sie fand auch, daß Weihnachten sehr wichtig sei. Heute, wo der Himmel still und blau bis Cabo Blanco reichte, konnte man sich gar nicht vorstellen, daß es nur noch vier Wochen waren bis Weihnachten.
Wir fuhren nach Cala Muca, und Mama parkte das Auto an der kleinen Bucht mit dem weißen Sandstrand, wo wir im Sommer so oft gewesen waren. Jetzt war nichts mehr los hier. Bis auf eine einzige nackte Frau, die wie tot auf einem roten Badetuch klebte, und einen Jogger, der immer rund um das Stückchen Strand lief, waren wir die einzigen. Als er das fünfzehntemal vorbeigeächzt kam, zählten wir laut mit.
Außer dem Joggy gab es noch ein paar kleine Möwen, die Start und Landung übten auf den Hotelbalkons des »Miramar«. Später brummte ein Lastwagen daher mit einem gewaltigen Ladekran, der Tarzan begeisterte. Er wollte zusehen, wie der Fahrer versuchte, eine Schwimmplattform vom Strand an den Kran zu hängen. Als er sie endlich festgemacht hatte, riß beim Anfahren das Kabel. Wir konnten den Mann längere Zeit fluchen hören, dann fuhr er ohne Plattform wieder ab.
Mama malte Augen in den kühlen Sand und schaute mit ganz schwummerigen Augen auf die kleinen Wellen draußen. Weit hinten tauchte ein Schiff am Horizont auf.
»Ach, Sweety«, seufzte sie und sah mich mit diesen wasserblauen Augen an, »fehlt Papa dir auch so wie mir?«

»I wo«, sagte ich, aber das stimmte nicht. Ich ging vor ans Wasser, das so klar und sauber war, und sah den kleinen Krebsen zu, die sich schnell im Sand einbuddelten, wenn meine Füße in ihre Nähe kamen. Weiter als bis an die Knie ging ich nicht hinein, denn heute war schon der fünfundzwanzigste November, und das Wasser war inzwischen ziemlich kalt.

In den nächsten Tagen war Mama mit ihrem Laden beschäftigt. Wenn sie nicht den Boden schrubbte, pinselte sie die Wände an oder nagelte Gestelle zusammen. Oder sie saß mit Lolli auf den unausgepackten Kisten, quatschte sich den Mund fusselig und trank dabei schwarzen Kaffee aus der Bar drei Häuser weiter. Dann saß ich oft unten bei Tio Pepe oder Colmado Vidal und sah beim Fischeausladen oder Netzeflicken zu.

Heute war Arti gekommen, um Mama bei den Regalen zu helfen, sonst war fast alles fertig. Später packten sie eine von unseren Kisten aus, in der nur Sonnenbrillen waren, Papa hatte sie von einem Ägypter gekauft. Hunderte von schrillen Brillen, die sie jetzt aufprobierten, Mama und Arti, so albern, wie ich Erwachsene noch nie gesehen hatte – da ging die Tür auf, und ein Mann trat ein, der nicht so aussah, als wolle er schrille Sonnenbrillen kaufen.

»Tiene usted permiso?« fragte er Mama, die gerade eine Lolitabrille aufhatte.

Auch ohne Sprachkurs schien Mama genau zu verstehen, was er wollte. Sie nahm die Brille ab. »Was für eine Erlaubnis?« fragte sie und guckte unschuldig.

Daß der Mann etwas gegen Mamas Laden hatte, konnte jeder sehen, als er den Kopf schüttelte und »ttttt« durch die

Zähne machte. Arti versteckte sich auf dem Klo, und Mama goß dem Typen ein Glas von diesem scharfen roten Zeug ein und hielt es ihm unter die Nase. Erst wollte er es nicht nehmen, doch Mama ließ nicht locker und rollte mit den Augen, bis er's doch nahm. Mama sagte immer wieder »prost«, und am Schluß wurde er richtig zutraulich und setzte sich zu Mama auf eine Kiste. Sie schenkte ihm noch eine Einladungskarte zur Eröffnung, die Lolli hatte drukken lassen.
»Uff, gerade noch mal gutgegangen«, stöhnte Mama, als er endlich draußen war.
Arti tauchte wieder auf. »Der kommt wieder«, sagte er. »Der kommt so lange, bis er ein ordentliches Bakschisch bekommt.«
»Wieso Bakschisch? Und wo hast du Feigling gesteckt?« fragte Mama. Arti hatte immer noch die heiße Brille auf und sah damit wirklich verboten aus.
Ich verstand von dem ganzen Kram nichts, aber Arti hatte offenbar recht. Denn als Mama am nächsten Tag weiter Kisten auspacken wollte, kam das Ekel von gestern wieder, diesmal in Begleitung. Der Begleiter mit Aktentasche blätterte in seinen Papieren, und der von gestern machte »ttttt« durch die Zähne. Also hatten das rote Zeug und die Einladungskarte doch nichts genützt. Die Männer wollten nämlich diesmal kein Glas von Mama annehmen, sondern Señor Menner sprechen. Lolli also, der heute auch nicht da war, weil er nämlich nur morgens im Laden ist. Der Kerl, der sich gestern noch an Mama herangeschmust hatte, zeigte, »ttttt«, daß sie nicht weiter auspacken solle und daß Señor Menner zum Ayuntamiento kommen müsse.

»Dann machen wir also Feierabend«, knurrte Mama und lächelte giftigsüß. Man sah, daß sie auf hundert war. »Idioten, Wichtigtuer, Machos!« schimpfte sie, als die beiden den Laden geräumt hatten.
»Warum gibst du denen nicht einfach ein Bakschisch?« fragte ich.
»Ich bräuchte selber ein Bakschisch«, erwiderte sie. »Wenn ich nur Spanisch könnte, dann würde ich denen was erzählen.«
Ich fand es auch nicht gerecht. Wo die ganze Insel von Schmugglerbanden nur so wimmelte. Sollten die Krähenmützen und die anderen vom Ayuntamiento sich doch um die kümmern anstatt um uns.
Plötzlich fiel mir etwas ein.
»Vielleicht denken die, wir hätten das Zeug geschmuggelt«, sagte ich zu Mama, die gerade Tarzans Spielzeug in die Tasche stopfte.
»Haben wir ja auch«, murmelte Mama.
»Wie bitte?« brüllte ich.
»Nicht richtig natürlich. Wenn Papa ein paar Rechnungen vorlegt, ist schon alles okay.«
Das war ein Ding. Wir waren also so etwas Ähnliches wie Schmuggler!
Ich starrte meine rothaarige Schmugglermama entgeistert an. Was sie da eben gesagt hatte, veränderte ja die ganze Lage.
»Jeder macht das so wie wir«, sagte sie noch, »das ist gar nichts Besonderes.«
Jetzt verstand ich plötzlich, weshalb diese Bande hinter uns her war.

Am nächsten Morgen war so schönes Wetter, daß wir beschlossen, im Freien zu frühstücken.
»Achtung, Stacheln!« rief Mama aus dem Küchenfenster Tarzan zu. Der kam gerade in einer gefährlich aussehenden Rechtskurve dicht an der Agave vorbei auf die Terrasse gestolpert.
»Zeig mal, was du da hast«, forderte Mama ihn auf.
Es war nichts als ein schwarzes Stück Plastik, aber Tarzan war ganz aufgeregt und deutete mit seiner kleinen pummeligen Hand in den Himmel.
»Ist das von da oben runtergefallen?« wollte Mama wissen.
»Puma afen«, antwortete Tarzan, und Mama versteht solchen Quatsch.
»Hast du Puma gesehen, wo schläft er denn?«
Puma war schon seit zwei Tagen nicht an seinem Futternapf gewesen. »Puma afen«, sagte Tarzan noch einmal und zeigte auf die Scheune.
Ich sah ihn schon von weitem. Zwischen den hohen Speichenrädern des alten Wagens. Ich hatte gleich so ein Gefühl.
Die Augen waren einen Spaltbreit geöffnet, so daß man das Gelbe sehen konnte, und ein kleines Stück rosa Katzenzunge spitzte aus dem Maul. »Puma afen«, wiederholte Tarzan und zerrte an Mama.
»Auweia!« Mama kniete neben der Katze. »Ich glaube, die wacht nicht mehr richtig auf.«
»Wieso?« Ich wollte sie anfassen.
»Lieber nicht!« meinte Mama. »Vielleicht hat sie Tollwut.«

Das wußte ich nun genau, daß es auf der Insel keine Tollwut gibt, weil Arti es neulich erzählt hatte.
»So?« sagte Mama. »Aber vielleicht eine andere gefährliche Seuche.«
An Pumas Hals waren die Haare verbrannt, ein kleines schwarzes Loch konnte man sehen, und da hing auch noch das andere Stück Flohhalsband. »Einfach durchgeschossen!« Mama hielt das lose Stück in der Hand.
Ich konnte es noch gar nicht glauben. »Ist er jetzt tot?« wollte ich wissen. Mama nickte. Unser armer Kater, der doch niemand etwas getan hatte! Und einer von dieser Inselbande war der Mörder.
Als Mama versuchte, Pumas Kopf auf ein Stück Holz zu betten, konnte ich sehen, daß die Katze steif wie ein Stock war.
»Der hat schon die Starre«, sagte Mama düster, »den müssen wir gleich begraben.«
Und Tarzan, der noch nichts von der Welt verstand, sagte noch einmal: »Puma afen?«
»Der ist tot, tot, mausetot«, sagte ich, »Puma nichts schlafen.«
Da fing mein Bruder an zu heulen, versteckte sich hinter Mama. Ich schwor, daß wir uns rächen würden, bloß an wem, wußte ich noch nicht, und wie, wußte ich ebensowenig.
Mama machte einen Versuch, direkt an der Mauer ein Loch zu graben, aber der Boden dort war hart wie Beton. Da probierte sie es unter dem Feigenkaktus, wo die faulen Früchte und die welken Blätter die Erde aufgeweicht hatten. Dort ging es zwar etwas besser, trotzdem kam

Mama mit Schweißperlen unter ihren zerzausten Haaren zurück. In hohem Bogen warf sie das Grabscheit in die Scheune, so daß es scheppernd an der Wand abprallte. Ich spürte ihren großen Zorn. Später trug sie Puma in Zeitungspapier gewickelt zu dem Loch unter dem Kaktus.

Von weitem sah Tarzan zu, wie ich ein Marmeladenglas mit lila Inselblüten auf Pumas Grab stellte.
Nachts konnte ich nicht einschlafen, hörte Geräusche im Haus. Ein Mörder kommt immer zurück zu seinem Opfer, hatte ich gehört. Wenn er nun dort unten auf und ab ging, die halbe Nacht lang, bei Pumas Grab? Oder wenn er gar versuchen würde, ins Haus einzudringen?
Ich muß dann doch eingeschlafen sein. Als ich wach wurde, stand Mama schon angezogen an meinem Bett und sagte: »Los, aufstehen, wir holen uns jetzt einen Hund!«
Da war ich sofort auf den Beinen. Umarmen hätte ich sie können, weil ich mir doch schon lange einen Hund wünschte, aber Mama wollte heute morgen nicht umarmt werden. Sie gab sich auch wenig Mühe mit unserem Frühstück, aber ich freute mich trotzdem.
Am Abend hatten wir ihn dann: Piepmann, den schönsten von Artis Hunden, mit breiten gelben Pfoten und mit einer Brille im schwarzen lieben Hundegesicht. Am liebsten wäre ich die ganze Nacht bei ihm geblieben und mit ihm in der Holzkiste vor dem Kamin eingeschlafen.
Piepmann sei ein Wachhund, meinte Mama. Von jetzt an würde er uns beschützen, wenn Papa nicht da sei. Also sollte ich ihn nicht verzärteln.

Ich fand alles aufregend. Daß ich von jetzt an mit dem Schulbus von der Plaza Mayor abgeholt werden würde, daß ich in einem Puppenstubenhaus mit blauen Türen und blauen Stühlen sitzen sollte, das Escuela genannt wird, und daß ich eine schöne junge Lehrerin haben würde, die Señorita Malesina heißt und immer lächelt. Noch aufregender fand ich, daß ich neben einem Mädchen sitzen sollte, das Margarita heißt, fast wie die alte Marguerita Boracera, einem Mädchen, das eigentlich Schneewittchen heißen müßte, denn sie hat eine Haut wie der reinste Schnee und lange schwarze Haare. Am tollsten aber fand ich, daß Margarita Schneewittchen auf deutsch sagte: »Hallo, bist du aus Deutschland?«

Den ganzen Tag lang mußte sie dann für mich alles übersetzen, was Señorita Malesina sagte, weil sie die einzige ist, die Deutsch und Spanisch kann. Ihr Papa hat nämlich zwei Jahre lang in Deutschland gearbeitet, in einer Fabrik. So lange, bis diese Fabrik explodierte. Ich mußte meinen Namen an die Tafel schreiben, und alle Kinder mußten ihn laut sagen. Danach mußten alle aus der Klasse mir ihren Namen sagen: Esteban, Carmencita, Pepe, Narciso, Paula, Simon … so viele konnte ich mir auf einmal gar nicht merken. Nur Margarita konnte ich mir gleich merken.

Es macht gar nichts, daß ich meine Hefte und Bücher aus Deutschland hier nicht nehmen kann, weil Margarita mir gezeigt hat, wo ich spanische Hefte bekomme, nämlich in

der Papeleria, dem Papiergeschäft direkt neben der Kirche, und weil Señorita Malesina mir alle Bücher leihen wollte, die ich von nun an brauchte. Meinen Zeichenblock konnte ich behalten, und so tolle Filzer wie ich hatte keiner in meiner neuen Klasse. Auch keinen Kasten mit vierundzwanzig Wachsstiften und keine Buntstifte, die man mit Wasser vermalen kann.
Die Lehrerin meinte, daß ich jeden Tag fünf spanische Wörter lernen sollte. Wenn ich das ein Jahr lang durchhielte, könnte ich in einem Jahr richtig Spanisch. Dann ließ sie uns rechnen, wie viele Wörter ich in einem Jahr können würde, fünf mal dreihundertfünfundsechzig. Die Kinder in meiner neuen Klasse brauchten nicht aus dem Kopf zu rechnen, sie durften den Taschenrechner nehmen. Nur ein Junge, der Simon heißt, meinte, daß die Rechnung nicht stimmen würde, weil es schließlich auch Ferien gäbe, drei ganze Monate lang, und auch an Weihnachten gäbe es Feiertage und die Fiesta des Sant' Juan, von der ich noch nie gehört hatte. Also konnte man nicht ausrechnen, wie viele Wörter ich wirklich in einem Jahr können würde.
Obwohl bis um drei Uhr Schule war, fand ich es nicht langweilig. Margarita half mir, wenn ich etwas nicht verstand, und am Schluß schenkte ich ihr meinen Bärchenbleistift. Den hatte ich von Manuela, aber Manuela und Joschi hatten nicht geschrieben, deswegen wollte ich auch ihren Bleistift nicht behalten. Margarita gab mir dafür ein Heiligenbild von der Jungfrau Maria, das von links blau und von rechts rosa war, je nachdem, wie man es hielt. In Blau weinte die Jungfrau, und in Rosa lachte sie. Nie hätte ich Margarita gesagt, daß Papa aus der Kirche ausgetre-

ten ist und ich vom Religionsunterricht befreit war. Und schon gar nicht, daß meine Eltern Schmuggler waren. Aber wer weiß, vielleicht hatten viele von den Kindern hier Schmugglereltern, Mama hatte ja gesagt, das sei hier ganz normal.

Schade war nur, daß wir nicht im Schulbus zusammensitzen konnten, Margarita Schneewittchen und ich, weil ihre Familie hier in Muca wohnt, gleich um die Ecke, neben dem alten Waschhaus. Tauchen und Schwimmen kann Margarita nicht, aber dafür lernt sie Ziehharmonika, und kurz bevor mein Bus kam, fragte sie noch, ob wir auch im Vogelschutzverein seien, so wie ihre Familie. Der würde eine Demo machen, vor dem Ayuntamiento und an der Playa Muca – gegen deutsche Bauunternehmer, die hundert neue Häuser am Strand bauen lassen wollten. Und daß der Bürgermeister von Cascada dafür sei und der Vogelschutzverein dagegen. Dann kam auch schon der Bus.

Mama fand Señorita Malesinas Idee gut, jeden Tag fünf spanische Wörter zu lernen. Sie wollte mitmachen und auch fünf Wörter lernen. Dann hätten wir zusammen schon zehn. Und sie versprach auch, am Sonntag mit auf die Demo zu gehen und in den Vogelschutzverein einzutreten.

Oben in seinem Bett schnaufte Tarzan wie eine Dampfmaschine, und der Mond schien ihm mitten ins Gesicht. Heute nacht war es so hell, daß man bis ans Ende des Tales sehen konnte. Das Nachthuhn pfiff, und eine uralte Zikade, die hinter dem Pozonegro wohnte, schnarrte noch lauter als das Huhn, dazu kam das Glockengebimmel der Schafe rings in den Mandelfeldern. Ich lauschte auf die kleine Nachtmusik und sah dabei einem blauen Kapitän zu, der zu mir hochwinkte und mir Mitteilung machte, daß er mit seinen Matrosen nun bald in See stechen würde. Sie verluden ihre Seesäcke, ich konnte ihre hellen Gesichter im Mondschein leuchten sehen und auch, wie sie dann das Schiff bestiegen.

»Ay, ay, Sir«, sagte ich, »aber diesmal komme ich leider noch nicht mit, denn ich habe Margarita Schneewittchen kennengelernt, eine wichtige Vogelschützerin, und wir müssen erst noch gegen die deutschen Mafiabosse an der Cala Muca kämpfen. Außerdem haben wir jetzt einen Hund, der Piepmann heißt ... Aber nächstesmal, nächstesmal ganz bestimmt.«

Viele Stunden später waren Geräusche im Haus zu hören, Piepmann winselte leise, und durch die angelehnte Tür konnte man Lichter in der Portassa flackern sehen. Einer von den Matrosen stand unten in der Halle, ich dachte, ich träume noch, aber dann sah ich, daß es Papa war, der seinen Seesack auf den Boden setzte und Mama in die Arme nahm.

Papa war gekommen, leise wie ein Dieb. Bevor er im Schlafzimmer verschwand, nahm er uns auch in die Arme, erst Tarzan, dann mich. Er roch nach Delphinen, nach Rauch und kalter Nachtluft. Erst später fiel mir auf: Piepmann, unser Wachhund, hatte nicht gebellt, nicht einen Muckser hatte er getan. Jeder hätte hereinkommen und uns als Geisel entführen können.

Ich könnte jetzt noch manches erzählen. Vom Samstagmarkt in Muca zum Beispiel, wo Papa und ich am Morgen hingingen, mit einem langen Einkaufszettel von Mama. Wo es wie auf einem Jahrmarkt zugeht, weil es außer Oliven, Knoblauch, Artischocken und Feigen auch Hühner mit und ohne Federn gibt, ebenso Korsetts, Bratpfannen und Mülleimer. Und wo vor der Kirchentreppe diese langen schwarzen Männer ihre Transistorradios auf Hochtouren Musik machen lassen.

»Gestohlen«, behauptete Papa, »allesamt, genauso wie die Armbanduhren und die scheußlichen Krokodilledertaschen, die sie einem andrehen wollen. Vielleicht auch geschmuggelt.«

Wenn diese schwarzen Männer mit den weißen Zähnen und den tanzenden Rastalocken Schmuggler waren, wie Papa glaubte, und sogar noch schlimmere als wir, nämlich solche ohne Rechnung, dann wunderte mich nur, daß sie von den Krähenmützen in Ruhe gelassen wurden. Wahrscheinlich gaben sie denen einfach eine Unmenge Bakschisch.

Ich könnte auch noch von der Bar Central erzählen, wo man am Samstagmorgen kaum einen freien Stuhl bekommt und wo wir Janine und diesen allergischen Tibo wiedertrafen, die Papa noch gar nicht kannte. Aber das laß ich aus, weil der Samstagmarkt in Muca ja jeden Samstag ist und also nichts Besonderes.

Dafür erzähle ich lieber von der Einladung bei Margarita Schneewittchen. Papa wollte mich hinbringen und sich inzwischen den neuen Laden anschauen, auch wenn Mama und Lolli immer noch keine Verkaufserlaubnis hatten.

Die Straße, in der Margarita wohnt, lag kahl, ohne Bäume da, und das Haus, das Margaritas Familie gehört, sah so

aus, als wolle es keine Besucher haben. Alle Fenster und Türen waren verrammelt, und als ich davorstand, wurde mir fast ein wenig bange.
Über der Tür hing ein handgemaltes Schild, auf dem stand »Playa Muca de tots«. Vielleicht hatte das etwas mit morgen zu tun, mit der Demo, von der Margarita mir erzählt hatte. Es gab keine Klingel an der Haustür, nur zwei große gelbe Löwenköpfe mit dicken Messingringen daran. Die Löwen blickten mich grimmig an und fletschten die Zähne. Gleich würden sie sich über mich hermachen.
»Ich fahre jetzt«, sagte Papa, »um drei hole ich dich wieder ab.«
»Halt, bleib noch!« sagte ich zu Papa. Wenn mir jetzt niemand aufmachte, weil Margarita vergessen hatte, daß ich sie besuchen kam …
Da ging die Tür einen Spaltbreit auf, und glänzende Brombeeraugen blickten aus der Dunkelheit. Aber nicht die von Margarita. Fast hatte ich Lust, zu Papa ins Auto zu steigen und schnell davonzufahren.
»Este tu Lianá?«
Eine Hand zog mich nach drinnen. Hinter der blauen Holztür war noch eine Glastür. Meine Augen mußten sich erst an das Dämmerlicht gewöhnen. Dann sah ich Margarita mit einem Kätzchen auf dem Arm mitten im Raum stehen.
»Hallo, Liane, das ist meine Mama, die kein Deutsch sprechen kann. Nur ich und meine Schwester Cristina und Papa. Auch die Abuela spricht kein Deutsch, versteht aber manches.«

So ein schönes Zimmer hatte ich noch nie gesehen. Der Boden leuchtete weiß und glatt, in zwei goldenen Kübeln standen Palmen zu beiden Seiten des Raumes, und auf einem schwarzen langen Tisch war eine Pyramide aus Früchten aufgebaut. Das Tollste aber war die hohe goldene Standuhr. Margaritas Familie mußte sehr reich sein.
In einer Ecke des Raumes thronte eine Statue auf einem Sessel, und hinter einem grünen Vorhang kam nun noch ein Mädchen hervor.
»Cristina, meine Schwester«, erklärte Margarita.
»Hallo«, sagte Cristina.
»Mama möchte wissen, wo deine Mama geblieben ist, warum du sie nicht mitgebracht hast?«
Was sollte ich da antworten? Daß Mama noch im Bett lag? Oder daß sie einfach keine Lust gehabt hatte? »Mama ist etwas krank«, sagte ich.
»Cómo?« krächzte plötzlich die Statue im Sessel, daß ich erschrocken herumfuhr.
Mann, was war das denn? Hatte sich da nicht plötzlich was bewegt?
»Das ist die Abuela«, sagte Cristina und zeigte auf die Statue.
»Abuela heißt Großmutter«, erklärte Margarita. »Sie hört und sieht noch alles, nur laufen kann sie nicht mehr. Sag ›Abuela‹! Hast du heute denn schon fünf Wörter gelernt?«
Ich schüttelte den Kopf.
»Dann lernst du jetzt: Abuela – Großmutter, Madre – Mutter, Padres – Eltern, Niños – Kinder.«
»Cómo?« krächzte die Statue.

»Sie will dich sehen, du sollst zu ihr gehen«, sagte Margarita.
Mir war unheimlich zumute, eigentlich hatte ich keine Lust hinzugehen.
»Geh nur, ich habe ihr von dir erzählt, jetzt ist sie neugierig.«
Ihre Hand zitterte, und die Finger waren hart und kalt. Sie starrte und sagte etwas. Keuchend war ihr Atem, der nach Eukalyptus roch. So hatte ich mir immer die Gestalten vorgestellt, die nachts aus den Gräbern stiegen, wenn man an einem Friedhof vorüber mußte. Diese Augen! Zwei Stück Kohle in einem Aschekasten! Ihre kleine Hand packte ganz fest mein Handgelenk, die andere zitterte über meine Haare. Hu!
»Deine Haare gefallen ihr, so blonde sieht man bei uns selten«, sagte Margarita.
»Ob deine Mutter auch blonde Haare hat, fragt sie.«
»Nein, lila«, sagte ich. Das war gemein von mir, aber ich konnte nicht anders. Cristina lachte und übersetzte es der Abuela. Da kam ein knarrendes Kichern aus dem Sessel.
Gleich wird nur noch ein Häufchen Staub auf dem Polster liegen, dachte ich, wenn sie weiter so kichert. Aber sie war schon wieder still.
Inzwischen brachte Margaritas Mutter uns Gläser und Saft auf einem Tablett, und ich war froh, als Margarita sagte: »Komm, ich zeige dir unseren Garten und den Papagei.«
Dann waren wir im Hellen draußen, und ich konnte den Brunnen bewundern, um den Hunderte von Pflanzen

wuchsen, die meisten waren Kakteen. Einige trugen leuchtende Blüten, und Margarita bückte sich nach einer abgefallenen Blüte und schenkte sie mir.
An einer Stange war der Papagei festgebunden. Weil er so grün war, hatte ich ihn bis jetzt noch nicht gesehen. Nun ließ Margarita ihn auf ihrem Arm laufen und rieb ihre Nase an seinem Schnabel. »Er heißt Narciso Yepes«, sagte sie, »nach einem berühmten Gitarrenspieler.«
Ich mußte lachen, da lachte der Papagei zurück.
»Willst du ihn auch mal? Er ist ganz lieb.«
Margarita gab ihn mir auf den Arm, aber er wollte nicht ruhig sitzen und kitzelte mich, daß ich lachen mußte. Da lachte er auch und sah mich an. Ich erschrak, denn er hatte die gleichen Augen wie die Abuela: schwarz und tot. »Nimm ihn wieder!« sagte ich.
Aber der Papagei Narciso sonstwie hatte keine Lust abzusteigen, sondern robbte sich kitzelig an meinem Arm hoch bis auf die Schulter und zwickte mich ins Ohrläppchen. Dann zupfte er an meinem Pullover.
»Laß das!« schimpfte Margarita.
Sein rundes Auge war jetzt ganz nah, und ich bekam Herzklopfen. Der Papagei zupfte wieder an meinem Pullover. Jetzt hatte er einen Faden herausgezogen.
»Narciso!« rief Margarita und versuchte, ihn von meiner Schulter zu holen. Aber der Papagei hatte es auf meinen Pullover abgesehen und zog mehrere Fäden aus dem Bündchen. Ich hatte plötzlich das Gefühl, daß er ein Bösewicht war, über den Margarita gar keine Macht hatte, nicht ein bißchen. Und so war es auch!
Margarita rief nun ins Haus: »Mama – Narciso!«

Ihre Mutter kam sofort und hielt ihm den Schnabel zu, und beide lösten Kralle um Kralle von meinem Arm und setzten den Vogel zurück auf die Stange. Mir fiel ein Stein von der Seele. Narciso lachte gemein hinter mir her.
»Seit er so alt ist«, sagte Margarita, »ist er nicht mehr so lieb!«
Margaritas Mutter deutete auf die herausgezogenen Pulloverfäden. Dann verschwand sie und kam mit einer Häkelnadel und einer Schere zurück.
»Ist egal«, sagte ich, »meine Mutter näht das wieder zu.«
Aber Margaritas Mama wollte die Sache mit den Fäden in Ordnung bringen. Ganz vorsichtig holte sie einen nach dem anderen mit der Häkelnadel zurück. Ich war ihr so nah, daß ich ihre Haut riechen konnte. Auch sie roch nach Eukalyptus. Dann war sie fertig und schnitt ein Fadenende ab. Jetzt war nichts mehr zu sehen. Halt! Ein Fadenende kitzelte mich noch am Kinn, und ich nahm die Schere.
»Willst du Tapas essen?« fragte Cristina, die nicht mit in den Garten gegangen war.
Lieber nicht, dachte ich. Wer weiß, was das nun wieder ist!
»Ich habe sie zusammen mit Mama gekocht«, sagte Cristina. »Wir haben Muscheln und Calamares und hartgekochte Eier mit Mayonnaise ... und die Abuela möchte auch etwas essen.«
Ein Mayonnaiseei, darauf hatte ich schon Lust.
Cristina legte kleine Deckchen auf den großen schwarzen Tisch und stellte sehr kleine Tellerchen darauf. Dann brachten sie und ihre Mama viele kleine dampfende

Schälchen hinter dem grünen Vorhang hervor. Ein richtiges Tischleindeckdich, dachte ich.
Am Schluß ging Margaritas Mutter zu der Abuela. Sie zog den Sessel zum Tisch. Das war ganz einfach, denn der Sessel hatte Räder.
Die Dinge in den Schälchen rochen fremd und seltsam, und ich traute mich nur, ein Mayonnaiseei und zwei Calamaresringe zu nehmen. Die Großmutter deutete mit ihren zittrigen Fingern auf alles, was auf dem Tisch stand – sie wollte von allem etwas haben. Wie würde sie bloß essen? Hoffentlich mußte ich nicht lachen.
Plötzlich hielt sie ganz still, und ich sah, wie ihre Augen groß wurden. Wie gebannt starrte sie auf den Tisch. Ja, genau auf die Schere! Dann bekreuzigte sie sich von oben bis unten, fingerte an ihrem Kleid und holte schließlich eine lange Kette mit einem Kreuz aus den Falten. Einen Rosenkranz!
Wahrscheinlich betet sie ein Tischgebet, dachte ich. Aber die anderen sahen so seltsam drein, als wenn irgend etwas nicht stimmte. Schließlich nahm Cristina die Schere, die aufgeklappt auf dem Tisch lag, und machte sie zu. Was bedeutete das?
»Nichts Besonderes«, erwiderte Margarita meinen Blick. »Die Großmutter meint nur, eine offene Schere bringt Unglück. Das sagt man bei uns so. Man darf nie eine Schere offen liegenlassen, weißt du?«
Die Großmutter rasselte mit dem Rosenkranz und sprach sehr viel und schnell mit ihrer knarrigen Stimme.
Cristina sah mich an. »Sie sagt, ich müsse dir das unbedingt sagen: Nie eine Schere so liegenlassen. Eine Frau,

die draußen am Cabo Blanco wohnte, hat einmal eine Schere offen liegenlassen. Da zerschnitt die Schere nachts alles, was im Haus war. Sogar in das Schlafzimmer der Frau wollte sie eindringen. Sie zerschnitt das Ankerseil vom Boot ihres Mannes, da trieb das Boot ab, und der Mann kehrte nicht nach Hause zurück. Und am Morgen versuchte die Schere, der Frau die Haare abzuschneiden, da lief diese Frau schreiend auf die Klippe und stürzte ab.«
Mir blieb der Bissen im Hals stecken. »Ist das wahr?« fragte ich.
»Es stand so in der Zeitung«, antwortete Cristina.
»Mama kennt jemand, der die Frau kannte«, fügte Margarita hinzu.
Mir war unheimlich zumute. Erst die Begegnung mit dem Papagei, jetzt die Sache mit der Schere – wie spät war es wohl? Ob Papa bald kommen würde? Ich sah auf die hohe goldene Uhr, die ab und zu leise schnarrte. Auf der Uhr war es halb neun.
Margarita bemerkte meinen Blick. »Die geht sechs Stunden vor«, sagte sie lächelnd. Ihre Mutter wollte mir noch etwas von den Schälchen auf den Teller legen, aber ich sagte »gracias«.
»Du brauchst wirklich keine Angst zu haben«, meinte Cristina. »Nur die alten Leute glauben an die Macht der Schere, wir glauben nicht mehr daran, weil wir modern sind. Nicht einmal Mama glaubt daran.«
»Und wie war das kürzlich mit Maria Catalan?« fragte Margarita. »Hat sie nicht einen Sohn auf die Welt gebracht?«
»Ja, das stimmt«, sagte Cristina. »Aber sie hätte sicher

auch einen Sohn bekommen, wenn sie sich auf die Schere gesetzt hätte.«
Das sollte einer verstehen. Ich sah von einer zur anderen. Die Großmutter hatte sich inzwischen beruhigt und mampfte schweigend Tapas in sich hinein.
»Du mußt das Liane erklären«, sagte Margarita.
»Wenn eine Frau schwanger ist«, erzählte Cristina, »und man will wissen, ob sie ein Mädchen oder einen Jungen bekommt, dann führt man sie in ein Zimmer, in dem zwei Stühle stehen. Unter den Kissen haben die Leute ein Messer und eine Schere versteckt. Setzt die Frau sich auf das Messer, so bekommt sie einen Jungen, setzt sie sich aber auf die Schere, kommt eine Muchacha.«
Cristina und Margarita fingen an zu kichern und spanisch miteinander zu reden. Auch ihre Mutter lachte. Was hatten sie denn jetzt wieder?
»Wir lachen, weil unsere Mama sich zweimal auf ein Messer gesetzt hat, jawohl, alle haben das gesagt, die Tanten, der Papa, alle ... und was ist aus uns geworden?«
»Du bist in Wirklichkeit ein Junge!« Margarita stupste Cristina in die Seite. »Ich hab genau gesehen, wie du dich rasiert hast.«
Cristina prustete jetzt vor Lachen. Prüfend betrachtete sie die Großmutter, während sie sagte: »Und ich habe dich pinkeln sehen, in weitem Bogen, wie nur ein Junge pinkelt!«
Nun winkte ihre Mutter ab, und die Abuela machte ein beleidigtes Gesicht und schloß die Augen. Es war, als wolle sie einfach nichts mehr sehen und hören.

In diesem Augenblick pochte es gegen die Haustür, daß ich zusammenzuckte. Ich war froh, als es Papa war. Obwohl Margarita mir noch gar nicht ihre Ziehharmonika gezeigt hatte.
Margaritas Mutter bat Papa herein. Ob er ein Gläschen trinken wolle, fragte Cristina.
»Ein andermal gerne«, sagte Papa, »aber im Moment bin ich in Eile, jemand erwartet mich.«
Margaritas Mutter lächelte, und Margarita übersetzte, was sie sagte: »Menschen aus dem Norden sind immer in Eile.«
»Ist es ihre Mutter?« tönte es aus dem Thronsessel. Diesmal hatte ich die alte Frau verstanden.
»Nein, Großmutter«, sagte Margarita, »es ist Lianes Vater.«
»War's schön?« fragte Papa mich draußen.
»Ich weiß nicht, die Großmutter ist so komisch.«
Als wir wegfuhren, blickte ich mich noch einmal um. Man sah es diesem Haus irgendwie an, daß seltsame Menschen in ihm wohnten. Aber Margarita mochte ich und ihre Schwester. Und ihre Mama auch!
Ich wollte sie auch einmal einladen, schon bald.

»Haben Oma und Opa sich jetzt entschieden?« fragte Mama.
Papa hatte gerade mit ihnen telefoniert. »Begeistert schienen sie nicht zu sein«, sagte er, »daß sie als alte Leute so eine Reise machen sollen, noch dazu, wo Oma Bronchitis hat.«
»Die geht hier weg«, sagte Mama mit Bestimmtheit. »Schau dir Liane an: Seit wir hier sind, ist Schluß mit der verdammten Husterei.«
»Du weißt doch, wie Oma ist. Im Grunde hofft sie ja nur, daß wir bald zurückkommen.«
»Da kann sie lange hoffen«, sagte Mama ohne Mitleid.
Papa sah unglücklich aus. »Eingeladen habe ich sie jedenfalls. Und jetzt muß ich mich sputen, daß ich noch die Fünfuhrfähre kriege.« Er fuhr aufs Festland, aber nur für eine Woche. Mama sollte ihn zum Hafen bringen.
»Hast du auch was Warmes dabei?« fragte sie besorgt. »Sie haben Regen angesagt, und auf dem Schiff kann es nachts kalt werden.«
»Ja, Mama, gleich, Mama, danke, Mama.« Papa machte sich über sie lustig.
Da wehte auch schon Eileen in die Portassa. Solange Mama weg wäre, sollte sie auf uns aufpassen. Darüber freute ich mich. Sicher erzählte sie uns wieder Geschichten aus England. Oder aus Cascada. Vielleicht spielte sie Scrabble mit mir. Daß sie ein großes Strickzeug dabeihatte, sah ich erst jetzt. Das paßte mir gar nicht.

»Schönes Wetter hast du dir zur Überfahrt ausgesucht«, scherzte Eileen und drückte Papa zum Abschied an sich. Ja, das Wetter war schlecht geworden. Seit heute morgen fegten dunkle Wolken über die Insel, so rasch, daß einem schwindelig wurde, wenn man nach oben sah.
»Ärgert Eileen nicht zu sehr!« rief Mama uns aus dem heruntergekurbelten Autofenster zu. Papa setzte schon das Auto in Gang. Nicht einmal richtig verabschiedet hatte er sich von uns, in solcher Eile war er.
Über Cascada leuchtete der Himmel giftiggelb, und da, wo das Meer lag, ragten tintenblaue Wolkenbänke auf. Der Wind rüttelte an allen Teilen des Hauses, die nicht ganz fest waren, und das schienen eine ganze Menge Teile zu sein. Papa hatte neue Gaspatronen für den Ofen und die beiden Lampen besorgt, so daß wir es warm hatten in der Portassa, nur mußten wir schon die Lampen anmachen, so finster wurde es. An dem kleinen Fenster segelten abgebrochene Äste vorbei, und ein Wirbel von Blüten trieb vorüber.
Eileen blickte besorgt von ihrem Strickzeug hoch und stellte den großen Korb mit Schafwollflocken beiseite. »Nordwind«, sagte sie, »der bringt Sturm.«
Tarzan war das egal, er wälzte sich mit Piepmann vergnügt auf der Decke. Piepmann kratzte sich bald am Hinterteil, bald am Bauch und hinter den Ohren. Er war noch immer voller Flöhe, trotz des Flohhalsbandes, das Mama ihm besorgt hatte. Wenn man ihn auf den Rücken drehte, konnte man sie an seinem Bauch, wo nur wenig Fell war, krabbeln sehen. Mir machten Hundeflöhe nichts, aber Tarzan hatte manchmal Bisse. Eigentlich hatte Mama

verboten, daß wir so eng mit dem Hund zusammen waren.
Ich hörte, wie Eileen oben Stühle rückte und die Läden zumachte. In den Bergen heulte der Sturm, im Hof krachte und polterte es, und durch das kleine Portassafenster sah ich, wie eine Herde erdbrauner Schafe mit zusammengebundenen Beinen aufgeregt über das Feld hoppelte. So eine Gemeinheit! Die Schafe konnten sich kaum bewegen mit ihrer Fessel. Was würden sie tun, wenn ein Wolf in ihr Gehege käme? Diesmal war der Schäfer bei ihnen, trieb sie wegen des Unwetters von der Weide.
»Der Himmel zum Meer hin ist ganz grün«, berichtete Eileen, die von oben kam. »Gleich wird es regnen.«
Plötzlich trommelte es aufs Dach. So ein Geräusch hatte ich noch nie gehört. Als würde ein Panzer über unser Dach rollen. Ich dachte an Papa und Mama. Im Auto konnte einem wohl nichts passieren. Jetzt hatte ich Angst. Eileen wollte auch nicht an ihrem Poncho weiterstricken. Statt dessen stand sie da und starrte durch das kleine Fenster. Piepmann hob die Nase und witterte, und Tarzan fing plötzlich an zu weinen. Jetzt sah ich auch, daß draußen hinter dem Glas die Luft grün war wie unter Wasser, wenn ich an der Cala Muca um den großen Felsen schnorchelte. Von den Bäumen drüben auf den Feldern war plötzlich nichts mehr zu sehen. Wo war die Mauer hinter der Terrasse? Wo der Schafstall? Alles hatte der Regen geschluckt. Nein, kein Regen, wie ich ihn aus Deutschland kannte. Eine Flut, tausend Fluten, die alle gleichzeitig über uns hinwegrollten, als hätten der liebe Gott und Herr Petrus tausend Badewannen über uns ausgekippt. Im Hof

hatte sich schon ein See gebildet, das fand ich aufregend und gruselig zugleich. Dann saßen wir plötzlich auch in einem See!

»Schnell, Kinder, geht nach oben, die Treppe hoch!« Eileen zerrte den Gasofen ins Trockene. Piepmann winselte und schüttelte seine Pfoten, er verstand nicht, warum die plötzlich naß waren. Eileen fluchte, weil sie den Eimer nicht gleich fand. Ich glaube, Mama hatte den Aufnehmer zum Trocknen draußen auf die Mauer gelegt. Tarzan brüllte jetzt richtig, das machte mich fertig, wo ich doch selber Angst hatte. Ich glaube, sogar Eileen hatte Angst.

Was blieb ihr jetzt anderes übrig, als unsere Decke zusammenzurollen und vor den undichten Eingang zu legen? Aber das reichte längst nicht. So rollte sie die Strohmatten auf und stapelte sie dahinter und dann noch die Kissen und alles Papier, das wir in der Küche finden konnten, und die Badematte von oben ... Mama würde sicher entsetzt sein.

Wir wollten nicht allein unter das Dach, über das die Wolkenpanzer rollten. Also kam Eileen mit hoch und schaute besorgt aus dem Fenster.

»Tatan auch sehen«, klagte mein Bruder. Eileen nahm ihn auf und ließ ihn hinausschauen.

»Mama wo?« fragte er. Ja, wo waren unsere Eltern gerade? Noch unterwegs? Oder schon am Hafen? Oder war ihr Auto von den Wassermassen überrollt worden, und sie kämpften um ihr Leben? Ich spürte, wie die Angst mir die Kehle zuschnürte.

»Kann ein Schiff bei so einem Wetter überhaupt auslaufen?« wollte ich von Eileen wissen. Sie sagte, daß kein Schiff vor dem Wasser Angst zu haben brauche, und ich solle bloß an die Sintflut denken, sieben Tage und sieben Nächte lang Regen, und an die Arche von Noah, die doch viel primitiver gewesen sei als die Fähre zum Festland. Das beruhigte mich.

Doch dann geschah etwas. Durch die Vorhänge aus grünem Regen hindurch konnte man beobachten, wie sich unten auf der Straße etwas in Bewegung setzte. Ein Lastwagen? Nein, die Straße stand gewiß schon unter Wasser. Unser Schiff! Eileens schönes blaues Schiff! Eben zerrte es sich frei. Ich glaube, man hörte es sogar scharren und krachen, aber das konnten auch herabstürzende Steine sein.

»Bleib doch da, mein Schiff!« Eileen weinte fast. »Wo ich doch eines Tages mit ihm auf See gehen wollte.«

Und jetzt ging es ganz allein, ohne zu warten. Na, wenigstens würden die Schmugglerbanden von neulich lange Gesichter machen, wenn sie das nächstemal kämen, und das Schiff war verschwunden.

»Puma fahn!« rief Tarzan plötzlich. Da sahen wir es auch: Im Bug des Schiffes saß eine Katze, eine schwarze, die sah wirklich wie Puma aus. Das wäre ja gut, oder? Wenn Puma in Wirklichkeit gar nicht tot wäre, sondern als nasser, aber stolzer Kapitän verreiste. In ein Katzenparadies, zu einer verzauberten Prinzessin, und wenn er dort ankäme, verwandelte er sich in einen Prinzen.

Das Schiff fuhr langsam und unbeholfen, so einfach war das nicht, auf einem Fluß zu fahren, der eigentlich eine Straße war. Schaukelnd trieb es dahin und mußte dabei alle

möglichen Hindernisse überwinden: Baumstämme, die mit ihm trieben, Zäune und Mauerstücke. Dann war es nicht mehr zu sehen, und ich merkte, daß Eileen ganz still geworden war. Sie hatte Tränen in den Augen. Wie leid sie mir tat! Gerne hätte ich sie getröstet. Deshalb legte ich ein bißchen meine Arme um sie und hielt sie fest. Dabei spürte ich, wie dick und groß sie doch war.
»Du hast es wohl arg liebgehabt, dein Schiff?« sagte ich leise.
Eileen nickte.
»Und jetzt? Bist du jetzt ganz allein?«
»So ziemlich«, sagte Eileen.
»Und Sindbad?«
»Der ist zu Hause, hoffentlich hat er ein trockenes Plätzchen gefunden.«
Wenigstens hatte sie noch Sindbad. Ich hatte auch Angst: um Mama und Papa. In einer Geschichte, die ich einmal gelesen hatte, kamen Kinder vor, deren Eltern mit dem Flugzeug abgestürzt waren. Mein Blick fiel auf den kleinen Tarzan. Er sah schrecklich traurig aus. Vielleicht hatte er auch die Hosen voll, wer weiß. Ich befühlte ihn, aber er war ganz trocken, nur traurig. Er streckte seine Arme nach mir aus, und ich mußte ihn jetzt beschützen, weil ich viel größer war als er. »Tarzan«, sagte ich, »ich habe dich ganz lieb, du brauchst keine Angst zu haben.« Ganz fest drückte ich meinen kleinen Bruder an mich, ihm durfte nichts Schlimmes passieren.
»Puma fahn«, sagte er noch einmal leise.
Ach so, deshalb war er traurig. Beim erstenmal, da hatte Puma ja nur so dagelegen, als ob er schliefe – aber jetzt,

jetzt fuhr er auf einem Schiff davon. Das schien mein Bruder jedenfalls zu glauben.
»Puma ist auf dem Weg in ein schönes Land«, erzählte ich ihm. »Dort trifft er bestimmt die verzauberte Katzenprinzessin und wird ganz furchtbar glücklich, weil er ja in Wirklichkeit ein verzauberter Prinz ist.« Das schien Tarzan zu gefallen.
Eileen war inzwischen wieder nach unten gegangen und räumte auf. Beim Bücken hörte ich sie stöhnen. Zwei Stunden dauerte es, bis das schmutzige Wasser in der Eingangshalle aufgewischt war. Nur im Hof stand es noch bis zur Terrasse, und wo vorher unser Camino gewesen war, stürzte nun ein gelber glucksender Bach den Hügel hinunter. Die letzten schlimmen Wolken machten sich in Richtung Meer davon. Jetzt sah der Himmel wieder unschuldig aus, klargewaschen und blau.
Eileen hatte die nassen Decken und Matten gerade zum Trocknen über das Scheunentor gehängt und die Tür zum Hof weit geöffnet, da hörten wir es draußen laut fluchen: Mama stand mit hochgekrempelten Hosen mitten im See, und das Wasser ging ihr bis über die Knöchel. Ihre wilden roten Haare spielten verrückt um ihren Kopf, die Strohtasche baumelte auf ihrem Rücken. Mama sah ganz mitgenommen aus. Aber wenigstens war sie wieder zu uns zurückgekehrt.
»Madre de Dio«, sagte sie, »ich bin fix und foxi.« Sie hob ein Bein mit einem vergammelten Stiefel daran aus dem Morast. Eileen streckte ihr den Arm entgegen.
»Stellt euch vor: mit diesen Schuhen über alle Mauern zu klettern!«

Eileen zog Mama ins Haus.
»Ist bei euch alles in Ordnung?« Mama blickte sich um. »In Cascada herrscht nämlich Chaos. Das Auto mußte ich stehenlassen, die Straße ist ein einziger reißender Fluß. Die Leute fahren mit Booten von Haustür zu Haustür, und in den meisten Häusern steht Wasser.« Sie kickte die Schuhe von den Füßen.
»Und Papa?« fragte ich.
Dem sei nichts passiert, im Hafen sei ja alles in Ordnung gewesen. Überhaupt schien das Unwetter nur rings um Cascada getobt zu haben, vielleicht auch weiter oben in den Bergen. Wir fragten sie noch, ob sie das blaue Schiff gesehen habe. Das blaue Schiff? Nein, nur ein paar Autos, die bis zum Lenkrad im Wasser standen und aussahen wie untergegangene Schiffe.
Glücklicherweise gab es noch Konserven im Haus und genügend Gas, so daß wir kochen konnten. Es war immer noch aufregend. Eileen konnte nämlich nicht nach Hause gehen, weil die Straße ja unter Wasser stand, und mußte deshalb bei uns übernachten. Sie durfte in meinem Bett schlafen und ich in dem von Papa. Darüber freute ich mich, doch Eileen war den ganzen Abend über besorgt und still.
Ich konnte auch nicht zur Schule. Erst nach drei Tagen wieder, als das Wasser endlich abgeflossen war und der Schulbus wieder fuhr. Überall besserten nun Straßenarbeiter die Straßen aus. Manchmal fehlten ganze Stücke, und man mußte über Bretter balancieren.
In Cascada wurden Schauergeschichten erzählt. Arti, den wir in der Bar trafen, übersetzte sie uns: Ein Mann namens

Cristo sei in seinem Pozonegro ertrunken. Dem Ramón Vidal habe die Flut fünfzehn Schweine davongespült, fette Muttersauen allesamt. Die seien ins Meer getrieben, man habe sie gestern gefunden, mit aufgetriebenen Bäuchen.
Die gruseligste Geschichte erzählte León, der Maler, der beim Friedhof von Muca wohnt: »Stellt euch vor, wie das Wasser über alle Gräber floß und alles aufwühlte.« Er verdrehte die Augen. »Und dann trieben überall die Gebeine, rings um mein Haus lauter Gebeine und Schädel. Mein Gott, so etwas habe ich mein Lebtag noch nicht gesehen.«
Die anderen wollten wissen, was León mit den Gebeinen gemacht hatte.
»Was denkt ihr?« sagte León. »Zurückgebracht, wo sie herkamen, auf den Friedhof.« Der Maler kicherte, als alle nickten und schwiegen. »Nur ein kleines Totenköpfchen habe ich behalten, das liegt jetzt auf meiner Tanca und hält Wache.«
Die Männer erzählten sich noch viel mehr, aber Arti mußte weg, und so erfuhren wir nichts weiter.
Wie alle Leute im Dorf nutzte Mama den feuchten Erdboden und pflanzte Geranienableger in die aufgehackte Erde, die sollten nächstes Frühjahr weiß und orangerot blühen.
Alle Geschichten, die man in Cascada und Muca hörte, handelten vom großen Regen, nur eine fehlte: die vom blauen Schiff mit einer schwarzen Katze als Kapitän. Wo mochten die beiden jetzt wohl sein?

Ich hatte von Weihnachten geträumt: Auf dem Balkon des Rathauses standen die Turmbläser und spielten »Es kommt ein Schiff geladen«, und die Hauptstraße entlang fuhr tatsächlich ein Schiff in Richtung Weihnachtsmarkt, fremdartig und blau und doch vertraut. Mit geschnitzten Holzfiguren an Bord und großen Glaskugeln, in denen es schneite. In einem dieser gläsernen Schneegestöber erkannte ich Papa mit dem Seesack über der Schulter. Ich beneidete ihn, denn er würde bald Delphine sehen, und ich mußte hierbleiben, ganz allein, in Eis und Kälte, unter dem großen deutschen Weihnachtsbaum. Ich war so klein! So klein wie seit meiner Geburt nicht mehr. Der Christbaum, die Puppenspielerin und die Krippenfiguren wuchsen immer höher um mich, nur das Schiff mit meinem Vater darauf wurde kleiner und kleiner. Es trieb nun auf der Straße nach Cascada dahin, gleich würde es untergehen …

Ich war wohl mit einem Schrei erwacht, denn Mama stand an meinem Bett und sah mich fragend an, und ich weinte als Antwort, weil der Traum mich erschreckt hatte. Mama nahm mich in ihre Arme und schuckelte mich wie einen Säugling hin und her und hörte mir, ohne etwas zu sagen, beim Traumerzählen zu. Sie träume auch manchmal von Papa, erzählte sie, und bald sei er ja wieder vom Festland zurück.

Wie man denn auf der Insel hier Weihnachten feiern könne, wollte ich wissen, ganz ohne Schnee und Eis. Ohne

Lichterreklame und Adventssingen und Weihnachtsschmuck.
Das würde ich schon sehen, wie man hier feiern könne, sagte Mama. Auch ohne Schnee und Eis. Aber mit Kerzen und Lametta, klar, und bei Tanz und Musik. Und warum ich nicht meine Freundin einfach auf einen Adventstee einlade, vielleicht freue sie sich. Mama hatte gute Ideen. Dann fiel ihr ein, daß wir in Deutschland seit Jahren auch so gut wie keinen Schnee bekommen hatten im Winter, und schon gar keinen an Weihnachten. Das stimmte.
Weil es nämlich auf der ganzen Welt immer wärmer würde, erzählte Mama. »Und bald wird es gar keinen Schnee mehr geben, und die Kinder werden ihn nur noch aus den Märchen und den Geschichten der alten Leute kennen.«
»Und warum wird es immer wärmer?« fragte ich.
»Weil die Menschen bestimmt haben, daß sie jetzt alles selber machen, auch das Wetter.«
Dann könnten sie es doch auch wieder kalt werden lassen. Aber Mama meinte, das ginge nicht.
»Wenn Margarita kommt, zeigt sie uns vielleicht den Jungfrauentanz«, sagte ich.
»Und wir üben ihn und tanzen Weihnachten als Christkinder, mit Flügeln und Engelhaar«, fuhr Mama fort.
»Ja, wir geben eine Weihnachtsvorstellung. Mit Papa, Oma und Opa im Parkett.« Das würde was geben. Ich fand die Idee aber gut.
Señorita Malesina übte von jetzt an mit uns Weihnachtslieder. Es waren andere als die, die ich kannte. Entweder mußte Margarita uns begleiten oder Juan Garcia. Er

konnte alle Begleitungen auf der Gitarre spielen, ganz ohne Noten. »Spiele einen fis-Akkord«, bat die Señorita, und prompt spielte er einen. »Jetzt einen in h-Moll, bitte.« Da zupfte er einen traurigschönen Dreiklang. »Könntest du den auch auflösen? Vielleicht im Sechsachteltakt?« Sogleich zupften Juans Finger alle Töne einzeln, und keiner klang falsch. Ich bewunderte Juan Garcia.

Manchmal mußten wir mit den Füßen einen Takt schlagen oder in die Hände klatschen. Die Lieder klangen wirklich ganz anders als bei uns zu Hause.

Jetzt kam Margarita öfters nach der Schule mit zu mir, und Mama fuhr sie später nach Hause. Margarita zeigte uns, wie man den Jungfrauentanz eröffnet, wie man einen Wechsel macht und wie man ihn als Paar tanzt. Die Schritte waren sehr schwierig, und Mama kapierte sie noch weniger als ich.

Einmal kam Eileen zufällig vorbei. Sie stellte sich auf die Zehenspitzen und verrenkte die Arme. »Das ist ja schwieriger als russisches Ballett«, stöhnte sie.

Margarita war geduldig und ließ sie und Mama die Schritte ganz langsam üben, aber sie machten trotzdem lauter Fehler und brachen sich fast die Beine. »Schließlich sind wir ja auch keine Jungfrauen mehr«, sagte Eileen zu Mama, und die beiden lachten blöd. Lieber sollten sie schauen, daß wir bis Weihnachten den Tanz konnten.

Mama mußte zweimal aufs Ayuntamiento, einmal wegen Tarzan, der sollte nächstes Jahr in den Kindergarten, und einmal wegen der Permiso, der Genehmigung für den Laden. Als sie zwei Tage darauf nach Hause kam, sah man gleich, daß sie sich freute. Ihre Augen sind dann nur noch zwei Schlitze mit lauter kleinen Falten drum herum. Sie schwenkte einen rosa Zettel. »El permiso!« rief sie. Der Besuch beim Postmann hatte sich also gelohnt. Außerdem war noch ein Karte von den Großeltern eingetroffen, aber wieder kein Brief von Joschi und Manuela.

Oma und Opa wollten also wirklich zu Weihnachten kommen. »Hoffentlich gibt es keine Komplikationen«, meinte Mama.

Wir hatten noch andere Weihnachtsprobleme. Wo zum Beispiel sollten wir die Musik hernehmen? Ein Jungfrauentanz ohne Musik war einfach lächerlich. Wir besaßen aber weder Radio noch Tonbandgerät.

Margarita hatte gleich eine Idee. »Ist doch einfach«, sagte sie. »Ich bringe meine Harmonika mit und Juan Garcia.«

»Meinst du wirklich, der würde kommen?«

Sie lachte. »Frag ihn doch! Jaja, du weißt schon, was ich meine. Wie er dich immer anschaut, das sieht doch jeder.«

»Was du da sagst! Juan Garcia schaut *dich* an, nicht mich!«

Noch nie hatte Juan ein Wort mit mir gesprochen. Er sprach überhaupt mit niemand. Sogar Señorita Malesina schien das zu respektieren und ließ ihn in Ruhe.

Jetzt war Margarita übergeschnappt. »Dich! Dich! Dich!« lachte sie und stupste mich in die Seite.

»I, das kitzelt«, kicherte ich. »Außerdem steht er auf dich!«

»Nein, dich!« rief sie.

»Muß er Weihnachten denn nicht bei sich zu Hause sein?«

fragte ich. »Bei uns sind Weihnachten alle Kinder zu Hause.«
Margarita zuckte die Achseln. »Bei ihm sind sie zehn. Wer merkt da schon, wenn einer fehlt?«
»Fragen trau ich mich aber nicht«, sagte ich. »Würdest du ihn vielleicht für mich fragen?«
»Sieh mal, die Schisserin«, spottete Margarita.
»Dann frag ihn eben nicht«, sagte ich.
»Also gut, ich frage für dich.«
Es wurden aufregende Tage. Wir kauften im Supermercado Watte und machten Perücken daraus. Mama brachte vom Markt Quitten mit und kochte Quittenmus. Wenn man es trocknen läßt, wird Quittenbrot daraus. Der ganze Terrassentisch lag voll damit, und Piepmann schlich ständig um den Tisch wie ein Bär um den Honigtopf. Es gab auch Geschrei, weil Tarzan dauernd im Weg stand und Mama ihn umrempelte oder ihm auf die Füße trat.
Mama wurde übermütig. Wir hatten ja kein Backrohr in dem alten Gasofen. Da kam ihr die Idee, Zimtsterne in der Pfanne zu machen. Es ging. Man erkannte, daß es Sterne sein sollten.
»Was meinst du? Sollen wir Margaritas Eltern auch einladen?« Mamas Augen leuchteten. Wenn sie so war wie jetzt, hatte ich sie tierisch gern. Mama mochte große Feste. Das war früher auch schon so gewesen. Meistens hatten die anderen Mieter im Haus sich beschwert, weil bei uns angeblich so ein Krach war.
Klar stimmte ich Mama zu. Viele Leute und große Feste – das war auch ganz nach meinem Geschmack.
Aber dann kam das Weihnachtsbaumproblem. In dem

großen Supermercado von Manaflor gab es zwar Plastikbäume mit elektrischen Kerzen, aber die waren ebenso teuer wie häßlich, und außerdem hatten wir ja kein Elektro.

»Vierzig Kilometer umsonst gefahren«, sagte Mama, als wir wieder im Auto saßen. »Kein Baum zu finden.«

Aus dem Fenster sah ich Johannisbrotbäume, Orangenbäume, Mandelbäume und ab und zu, wenn wir an einer Finca vorbeifuhren, eine Palme. Ja, und nicht zu vergessen: Kakteen!

»Ich habe mal einen Film gesehen«, fiel mir ein, »wo ein Mann als Weihnachtsbaum verkleidet war. Er stand den ganzen Abend still auf einem Fleck, und Kerzen brannten auf seinen Armen.«

»Gute Idee«, sagte Mama. »Wen sollen wir nehmen, Papa oder Opa?«

Jetzt hatten wir Lametta, rotes, gelbes und silbernes. Rote Kerzen. Und noch immer keinen Baum!

Als wir die Hoffnung schon aufgegeben hatten, kamen wir an einer Gärtnerei vorbei. Der Gärtner hustete. Er hustete sich fast die Seele aus dem Leib.

»Ein schöner, gesunder Beruf«, sagte Mama, »und der hustet trotzdem.«

Wir wußten nicht, was Tanne heißt oder Fichte. Mama wühlte im Auto. »Wer hat denn wieder das Lexikon aus dem Handschuhfach genommen?« schimpfte es aus den Polstern. Der Gärtner kratzte sich hinter den Ohren und sah sinnend auf Mamas Hinterteil.

»Na, egal«, sagte Mama, »wenn du's nicht weißt. Wo du angeblich schon so gut Spanisch kannst.«

»Aber nicht Tanne«, verteidigte ich mich.
»Wir gucken mal, vielleicht sehen wir, was wir wollen.« Mama lächelte den Gärtner verführerisch an.
Er ging mit uns zu den Palmen.
»Hübsch, aber auch nicht ganz das Richtige!« sagte Mama.
Er ließ uns auch Granatapfelbäume besichtigen.
»Schon eher etwas«, meinte Mama, »aber als Weihnachtsbaum – ich weiß nicht …«
Zitronen- oder Orangenbäumchen?
Mama schüttelte den Kopf.
Er hatte auch Eukalyptus im Angebot.
»Wir haben doch keinen Husten«, murmelte Mama.
Sogar Bananenpflanzen hätte er uns verkauft. Aber Mama schüttelte bei jedem neuen Baum, den er uns zeigte, den Kopf, daß die frischgefärbten roten Hennalocken nur so flogen. Der Mann wurde immer verzweifelter. Nun waren wir schon einmal im Kreis durch die ganze Gärtnerei marschiert. Plötzlich entdeckte Mama ein Kiefernbäumchen, das sich bis jetzt versteckt hatte. Vier Ästchen mit insgesamt zwanzig Nadeln. Aber für einen Weihnachtsbaum war es einfach zu mickrig. Auf der Rückfahrt fiel uns ein, daß wir ja einen großen Kaktusbaum im Hof stehen hatten.
»Das muß ausprobiert werden«, sagte Mama zu Hause und suchte den Weihnachtsschmuck zusammen.
Wir hatten vielleicht einen Spaß! So einen schönen Kaktus hatte die Welt noch nicht gesehen. Mit all dem bunten Lametta und den Sputniks aus Alufolie und Draht, die wir mit Señorita Malesina gebastelt hatten. Und Kugeln mit

weißem Kunstschnee drauf. Nur die Kerzenhalter machten Probleme. Wie und wo man sie auch anklemmte, sie saßen ständig schief. Trotzdem sah der Kaktus prächtig aus. Papa und die anderen würden Augen machen!
In den nächsten Tagen war ich mit Flügelmachen beschäftigt. Das sei meine Aufgabe, meinte Mama. Sie schnippelte inzwischen die Bohnen und Zwiebeln und Kartoffeln und Karotten für den Lammtopf an Weihnachten.
Die Zeit verging so schnell. Margaritas Eltern hatten zugesagt, und wie versprochen fragte Margarita Juan Garcia wegen der Musik. Juan Garcia war die letzten Tage in der Schule so schweigsam wie immer, das heißt, daß er nicht zu- und nicht absagte.
Dann überschlugen sich die Ereignisse. Wie soll man erzählen, wenn soviel auf einmal passiert? Und wenn alle fast gleichzeitig reden?
Mama meinte, sie habe jetzt wirklich andere Sorgen. Aber Eileen, die ja früher Werbetexterin war, sagte, das ginge ganz leicht, nämlich im Telegrammstil.
»Und was ist das: Telegrammstil?« fragte ich.
»Na, so was Ähnliches wie Zeitraffer im Film«, meinte sie, »wenn alles sich ganz schnell bewegt und es tierisch komisch aussieht. Ein Doppelpunkt geht aber auch.«
Ich glaube, ich nehme lieber den Doppelpunkt. Aber erst muß ich noch erzählen, daß Mama, ich und Tarzan fast zwei Stunden lang auf dem Flughafengelände herumgehangen haben. Sie machten nämlich in Spanien gerade Fluglotsenstreit oder so was Ähnliches. Deshalb kamen die blöden Flugzeuge nicht rechtzeitig an, so wie das von unseren Großeltern. Dann kam es aber doch, und ich sah

Oma schon von weitem, weil sie einen weißen Hut aufhatte. Ab jetzt kommt der Doppelpunkt, ich verspreche aber, später wieder normal weiterzuerzählen.

Oma: Kinder, endlich wieder heil unten. Hätte ich mir nicht träumen lassen, daß ich mit meinen fast siebzig Jahren noch einmal in die Lüfte gehe. (Oma kichert.) Hat richtig Spaß gemacht.

Mama: Schön, daß ihr da seid. Sind die vier Koffer etwa alle von euch?

Opa: Wir wußten ja nicht, wie das Wetter hier ist, da haben wir eben von allem etwas mitgenommen.

Mama: Madre mia, wir sind doch nicht das Hilton-Hotel.

Opa: Aber trocken sieht das Land von oben aus, habt ihr denn hier genug Wasser? Ich habe gehört, daß die Touristen den Bauern das ganze Wasser wegnehmen.

(Wir sitzen jetzt alle in unserer gelben Kiste, wo es ganz schön eng wird. Der Kofferraum muß offenbleiben, weil sonst die vier Koffer nicht reingehen.)

Mama: Dann brauchst du dich ab jetzt vierzehn Tage lang nicht zu waschen, so sparen wir Wasser.

Oma: Ah! Oh! Sind das echte Palmen? Wunderbar! Hier blüht ja noch alles, zu Hause liegt seit ein paar Wochen alles in dickem Nebel. Was blüht denn da?

Ich: Das Zeug heißt Oleander, das wächst hier wie Unkraut. Mama, ich will mich auch nicht mehr waschen, damit wir Wasser sparen.

Mama: Du bist ja kein Tourist.

Oma: Was pickst mich denn da dauernd? Etwa ein Stachel?

Ich: Nein, das ist Tarzan, der läßt sich nie die Fingernägel schneiden.

Mama: Tarzan, laß die Oma in Ruh!

Oma: Gott, ist der Junge gewachsen, und den verrückten Namen hat er immer noch?

Mama: Seinen Namen behält man im allgemeinen bis ans Lebensende.

Oma: Ich meine ja nur. Was ich fragen wollte, gibt es bei euch eigentlich eine Kirche?

Mama: Eine Kirche, wozu?

Oma: Zum In-die-Kirche-Gehen an Weihnachten.

Mama: Keine Ahnung, aber es wird schon eine geben.

Opa: Das Land sieht wirklich trocken aus, gibt es bei euch auch bestimmt genug Wasser? Ich habe gelesen, daß man das Wasser aus der Leitung im Süden lieber nicht trinken soll.

Mama: Brauchst du auch nicht, wir haben genug Wein im Haus. Gelegentlich kommt aber auch Wasser aus der Leitung.

Oma: Und dein lieber Mann kommt heute abend? Und an Weihnachten kommen fremde Leute zu Besuch? Und die sprechen wirklich kein Wort Deutsch?

Mama: Ja, Mama, es sind die Eltern von Lianes Freundin.

Oma: Mein Gott, ist das aufregend!

Opa: Und wie sollen wir uns mit denen unterhalten?

Oma: Ich wollte schon immer mal stolze Spanier kennenlernen.

Opa: Gibt es bei euch eigentlich ein richtiges Klo?

Ich: Ne, wir machen immer in die Kakteen (hihi).

Mama: Liane, bitte!

(Inzwischen fahren wir durch Muca. Vor der Bar Mercado sitzt Janine, Tibo ist nirgends zu sehen. Mama winkt Janine zu, der wir immer noch Geld schuldig sind.)

Opa: Warum haben denn hier alle Leute die Fenster geschlossen?

Mama: Wegen der Sonne und wegen der Fliegen.

Opa: Und warum sind alle Fensterläden grün?

Mama: Papa, weiß ich nicht. Warum ist eigentlich der Himmel blau?

Opa: So ein bißchen verrückt scheint man in dem Klima hier schon zu werden, was, Elfriede? Die Kinder sehen auch ganz schön verwildert aus.

Mama: Sind auch die reinsten Wilden.

Ich: Umba, umba, bububu.

(Als wir zu Hause ankommen, steht Papa schon im Hof. Mama umarmt Papa, Oma umarmt Papa, Opa umarmt Papa, Papa umarmt Tarzan und mich.)

Opa: Hier lebt ihr also! Ich habe es mir viel schlimmer vorgestellt.

Oma: Ach, die vielen Blumen überall, und das im Dezember. Ist ja zauberhaft. Ach, und der Kaktus, das ist doch nicht etwa euer Weihnachtsbaum? Doch? Wie aufregend, wie reizend! Kinder, ich bin ganz durcheinander von der Reise. Daß ich in meinen alten Tagen noch in einen Flieger steige.

Papa: Wirklich toll, daß ihr da seid. Kommt, ich zeige euch euer Zimmer. (Papa und Großeltern verschwinden im Haus.)

Mama: Hui, das wäre geschafft. Jetzt schnell die Spaghetti aufs Feuer.

Oma (zurück): Sag mal, liebe Cleo, kann es sein, daß es hier Mäuse gibt?

Mama: Aber nur eine einzige: Twiggy.

Oma: Was, die hat sogar einen Namen? Hört sie auch darauf? Dann ruf sie doch mal von den Spaghettis weg.

(Oma ist gar nicht zickig, bin gespannt, was sie zu Ratman und Ratwoman sagen wird.)

Mama: Um heiße Töpfe macht Twiggy einen Bogen, nicht wahr, Liane?

Ich: Einen Riesenbogen.

Opa (zurück): Das Zimmer ist wunderbar, nur das Bett... Ich meine fast, da wär Schimmel drin.

Ich: Wieso, hat er dich etwa getreten?

Mama: Liane, ein bißchen ernster, wenn's geht.

Papa: Wie kommst du auf Schimmel, Schwiegervater?

Opa: Bei Schimmel beschlägt jedesmal meine Brille.

(Mama kichert in der Küche.)

Papa: Das ist ja seltsam, hab ich noch nie gehört.

Mama: Ich glaube, die Spaghetti sind fertig, vielleicht können wir den Schimmel morgen früh suchen? (Zu Papa:) War die Überfahrt okay?

Papa: Ich habe Delphine gesehen. Sie sind ganz nah an das Schiff herangekommen, und dann habe ich sie singen hören.

Oma: Was haben sie denn gesungen?

Ich: Was wohl? »Stille Nacht, heilige Nacht«, wo doch morgen Weihnachten ist.

(Alle lachen, war wohl ’ne komische Bemerkung.)

Von jetzt an erzähle ich lieber wieder normal weiter. So ein Doppelpunkt strengt nämlich ganz schön an.
Am Weihnachtstag hatten wir schönes, ruhiges Sommerwetter und die größte Aufregung, die man sich vorstellen kann. Es fing mit Schimmelsuchen an, weil Opas Brille nämlich fortwährend beschlagen war. Obwohl Mama und Papa im Bett und in allen Ecken des Zimmers suchten, konnten sie den Schimmel nicht finden. Dann ging es mit dem Gasherd weiter. Weil der nämlich keine Flamme lieferte, als Mama unseren Weihnachtseintopf warm machen wollte. Es lag aber nicht am Gasanzünder, wie Mama glaubte, sondern daran, daß wir kein bißchen Gas mehr in der Gasbombe hatten. Sie war einfach leer, und das ausgerechnet am Weihnachtstag.
Mama fiel dazu nichts mehr ein, aber Papa schon: »Ist doch kein Problem«, sagte er. »Wir machen es einfach so wie die Leute von der Insel und kochen das Weihnachtsessen auf dem Kaminfeuer.«
Dann mußten wir alle Holz sammeln gehen. Wir waren noch nicht fertig, da ging die Aufregung schon weiter. Weil ein blaues Auto auf der Straße hielt und unsere Gäste ausstiegen: Voran Señor Vidal, dahinter Señora Vidal mit einem rosa Riesenpaket, dann kamen Margarita und Cristina und zuletzt Juan Garcia mit seiner Gitarre. Die Abuela hatten sie daheim gelassen, bei Narciso Yepes, und

das war auch gut so. Nur schade, daß Eileen nicht kommen konnte. Sie mußte im Restaurant kochen.
Von jetzt an könnte ich nicht mehr weitererzählen, wenn Margarita und Cristina nicht gewesen wären, die leider alles übersetzen mußten, vom Spanischen ins Deutsche und wieder zurück ins Spanische. Es war eine große Übersetzerei, weil wir zehn Leute waren und dazu noch der Giftzwerg, der mein Bruder ist und der den größten Krach machte. Ich schreibe aber Deutsch, weil ich erst zweihundertneunundvierzig Wörter in Spanisch kann, obwohl das eine ganze Menge ist.
Papa hatte in der Zwischenzeit das Feuer im Kamin angezündet, und Mama schenkte den Gästen Wein ein. Margaritas Eltern bewunderten die schöne Aussicht, und Oma bewunderte den großen gelben Biskuitkuchen, den Señora Vidal uns zu Weihnachten geschenkt hatte. Es seien zwanzig Eier drin, sagte sie, und wenn man mit dem Finger hineindrücke, käme es naß von innen, weil sie die Biskuits in einem Liter Alkohol eingeweicht hätte.
Papa hatte den Tontopf zum Aufkochen auf die Feuerstelle gesetzt. Als er ihn mit Handschuhen an den Händen hereintrug, scherzte Señor Vidal und fragte, ob Papa immer für uns koche. Alle lachten, nur Juan Garcia nicht.
Nun kosteten die Gäste das Weihnachtsessen und fanden es gut, wie Mamas Idee mit der Einladung. Nur könne man leider nicht lange bleiben wegen der Großmutter zu Hause. Und Lametta am Kaktus, das sei überhaupt die beste Idee.
Allen gefiel es. Selbst Opa fiel nichts mehr zum Kritisieren

ein, außer daß der gelbe Biskuitkuchen ein richtiger Gallenschänder sei. Ich war so aufgeregt, besonders wegen unserem Jungfrauentanz und Juan Garcia, daß ich sogar vergaß, nach den Geschenken zu fragen.

Plötzlich legte Señor Vidal seine Gabel hin und starrte auf die Straße, jedenfalls in Richtung Straße. »Madre de Dio, Rosalia, siehst du es auch?«

Ich dachte, jemand sei dabei, ihr Auto zu klauen. Statt dessen konnte man ein zweites Auto auf der Straße stehen sehen und zwei Gestalten, die gerade den Hügel erklimmen wollten.

»Bewahre mich vor bösen Geistern und allem Übel«, sagte Señor Vidal und ließ die Serviette auf den Boden fallen.

»Das ist ja die Abuela!« rief Margarita.

Margaritas Mutter wurde so blaß wie das weiße Bettlaken, das wir als Tischtuch genommen hatten.

»Wo sie es doch am Herzen hat«, sagte Señor Vidal, »und jede Anstrengung vermeiden muß.«

Kein Zweifel, es war wirklich die Abuela, und sie konnte auf einmal laufen. Mit einem Arm hing sie an einer Frau, mit dem anderen an ihrem Krückstock.

»Wie sie das bloß geschafft hat«, sagte Margarita. »Zu Hause will sie nicht einmal auf die Toilette laufen.«

»Und wo wir ihr doch versprochen haben, daß wir in zwei Stunden wieder bei ihr sind«, sagte Señor Vidal.

»Arme Teresa«, seufzte Margaritas Mutter. »Wenn Mama sich etwas in den Kopf gesetzt hat, hilft nichts dagegen.«

Papa half Señor Vidal und der armen Teresa, die selbst ganz außer Atem war, beim Hochziehen der Abuela. Die

Alte kicherte und japste nach Luft. Teresa entschuldigte sich bei allen: bei Margaritas Eltern, bei Mama und Papa, bei Oma und Opa.

Alle beteuerten, es mache gar nichts aus, daß die Abuela nun hier sei, gar nichts, und Papa schleppte und zerrte den schweren Sessel aus der Portassa ins Freie.

»Ich wollte nur sehen, wie die Fremden Weihnachten feiern«, krächzte die Alte, sobald sie wieder zu Atem kam. »Und die Nachbarin war so gütig und hat mich hierhergebracht.«

Teresa begann wieder, sich nach allen Seiten zu entschuldigen. Mama stellte der Abuela einen Teller hin.

»Teresa, Sie können jetzt gehen«, sagte die Abuela, und zu Mama: »Nehmen Sie den Teller wieder fort. Ich faste bis zum Neujahrstag. Nur etwas trinken würde ich gern, der Aufstieg hat mich durstig gemacht.«

Teresa, die offenbar froh war, entlassen zu sein, verbeugte sich nach allen Richtungen und eilte davon.

Mama zündete die Kerzen auf dem Kaktus an. Oma und Opa warfen sich stumm Blicke zu.

»Aha, so feiert man also in Deutschland das Weihnachtsfest«, sagte die Abuela und hackte dabei mit dem Krückstock auf den Terrassenboden. »Sehen Sie, bei uns nimmt man die Feigenkakteen für die Schweine.«

»Mutter!« unterbrach Señor Vidal. »Was sagst du denn da? In Deutschland nimmt man ganz andere Bäume als Kakteen, um Lichter darauf anzuzünden. In Deutschland gibt es viele schöne Bäume, viel schönere als hier.«

»Und der Wein?« fragte die Abuela. »Ist der Wein etwa auch aus Deutschland?«

»Nein, der ist von hier«, antwortete Mama. »Schmeckt er Ihnen?«

»Er könnte kühler sein«, murmelte die Abuela in ihr Glas. Einen Moment lang war Schweigen, dann redeten plötzlich alle durcheinander: Wie gut der gelbe Kuchen schmecke und wie teuer die Eier geworden seien und daß zu viele Eier schädlich seien, weil man Cholesterin oder so etwas Ähnliches davon bekommen könne. Die Abuela schlug mit dem Stock auf den Boden und teilte mit, daß sie immer ein Eigelb für die Haarwäsche nehme, jede Woche eines. Sie hatte fast keine Haare mehr, und ich stellte mir vor, wie sie sich ein Spiegelei auf den Schädel setzte.

»Juan, möchtest du nicht etwas spielen?« fragte Mama endlich, und Juan ließ sogleich alles andere sausen und stimmte seine Gitarre. Dann stellte er sich vor dem Weihnachtskaktus auf und begann zu spielen. Zuerst alle Lieder, die wir mit der Señorita Malesina geübt hatten, und später noch andere Melodien.

»Jetzt kommt unser Auftritt«, sagte Mama zu mir und Margarita, und wir gingen ins Haus, wo die T-Shirts mit den Flügeln lagen, und Mama probierte vor dem Portassaspiegel die Wattelocken.

Ich fand, daß sie verboten aussah. »Kommst du dir nicht blöd vor?« fragte ich.

Aber sie kam sich nicht blöd vor, und als wir wieder auf die Terrasse kamen, klatschten alle Beifall. Juan Garcia setzte ein, und wir drei fingen an zu tanzen. Zwar versaute Mama wieder den Wechsel, wenn man unter dem Arm des Partners durchtanzen muß, und Margarita warf ihr deswegen einen strengen Blick zu, aber wahrscheinlich hatte sonst keiner den Fehler bemerkt, weil außer uns niemand eine Ahnung vom Jungfrauentanz hatte.
»Bravo«, riefen die Männer und: »Olé, weiter so!«
Juan Garcia spielte und spielte und spielte. Mir wurde ganz heiß unter der Watte. So heiß war mir an Weihnachten noch nie gewesen.
»Andere Länder, andere Sitten«, sagte Oma zur Abuela

und stieß mit dem zu warmen Wein mit ihr an. Die Abuela schlug mit dem Stock auf den Boden und kicherte vor sich hin.

Señor Vidal nahm ihr das Glas aus der Hand. »Großmutter, es ist jetzt genug«, sagte er und stellte das Glas ein Stück von ihr weg.

»Laß mich, es schmeckt mir noch«, antwortete die Alte, bockig wie ein Kind. »Und wie die Fremden Weihnachten feiern, das gefällt mir, weiter, weiter!«

Aber wir waren fix und foxi vom Tanzen, und Margarita hatte mir außerdem einen Flügel abgerissen. Als wir uns verbeugten, klatschten alle.

»Es war ein wunderschönes Weihnachtsfest«, versicherten Margaritas Eltern und standen auf.

»Ein frohes Weihnachtsfest!« rief die Abuela und: »Es lebe Franco!«

»Wirst du wohl ruhig sein?« Señor Vidal zog seine Mutter aus dem Sessel hoch. Sie schwankte leicht, und alle kamen, um sie zu stützen.

Mama hatte Alupäckchen gemacht, die verteilte sie schnell noch an Margarita, Juan Garcia und Cristina.

Ganz langsam wurde die Abuela abgeführt. »Haben wir eigentlich noch einen König?« fragte sie Papa. »Oder hat der etwa auch schon abgedankt?«

Ich sah, wie Papa sich vor Lachen bog, aber ich verstand nicht, warum er so lachen mußte.

Juan Garcia stand abseits und spielte immer noch, nur waren seine Töne jetzt leiser und sanfter.

»Wie du das machst«, sagte ich, »so schön spielen.«

Er nickte stumm und wischte sich mit dem Arm die

widerspenstigen Locken aus der Stirn. »Es ist ganz leicht«, erklärte er, »man muß einfach die Saiten zupfen. Wenn du willst, zeige ich dir, wie's geht.«
»Ach ja«, sagte ich, »gerne!«
Die Vidals hatten Mühe, ihre Abuela heil den Berg hinunterzulotsen, jeder konnte sehen, daß sie gefährlich schwankte.
»Was die Dame in sich hineinschütten kann!« staunte Opa.
»Und noch dazu auf leeren Magen!« fügte Oma hinzu.
Margarita winkte noch einmal hoch zu mir. Die Kerzen auf unserem Weihnachtskaktus waren inzwischen heruntergebrannt, und die Großeltern verzogen sich nach drinnen vor den Kamin, in dem noch Glut war. Über dem Tal zog ein feierliches lila Abendrot auf und färbte den Himmel ein, bis er leuchtete.
Mir war, als fehlte noch etwas. Mama tat so, als habe sie keine Ahnung von einem Weihnachtsgeschenk, dabei hatte ich sie doch oben rascheln hören. Und Papa hielt eine Hand angestrengt auf dem Rücken versteckt. Erst als ich ihn kitzelte, zeigte er vor, was er hatte: etwas Langes, Dünnes. Ich wußte gleich, was es war, nämlich eine von diesen Barbies, die mit Partyausrüstung, die mir noch fehlte.
Mamas Gesicht konnte man nicht ansehen, was sie hinter dem Rücken für ein Geschenk hatte, aber dann miaute es, und Mama sagte »aua«, weil das Weihnachtsgeschenk sie in den Finger gebissen hatte. Tarzan mußte auch antreten, und beide sollten wir sagen, ob wir lieber »rechts« oder »links« wollten. »Schnell!« forderte Mama.
Ich nahm die linke Hand, in der ein gelbes Kätzchen wie

eine Kugel zusammengerollt saß. Da habe ich mich gefreut! Tarzan bekam auch ein Kätzchen, das war schwarz und wuschelig und hatte wilde Augen. Mein Bruder strahlte. »Puma haben«, sagte er, »Puma wiederkommen.«
»Das sind jetzt eure«, sagte Mama und schmierte Spucke auf ihre Katzenkratzer. »Ihr müßt ihnen jeden Tag Futter geben und dürft sie nicht so auf den Bauch drücken.«
Von Opa bekam Tarzan einen Motorradfahrer und ich von der Oma Handschuhe, selbstgestrickte. »Die kann man immer brauchen«, sagte sie zu mir. Es war schon das dritte Paar, das ich von Oma hatte, und gestrickte Handschuhe braucht man in Cascada überhaupt nie. Aber meiner neuen Weihnachtskatze schienen sie gut zu gefallen, wahrscheinlich weil sie grau und wollig waren wie Mäuse. Sie rollte sich mit Omas Handschuhen über den Steinboden und kämpfte mit ihnen wie ein Löwe. Da wußte ich plötzlich, wie ich mein gelbes Kätzchen nennen würde: Löwi nämlich.

Nach Weihnachten schlug das Wetter um. Die Luft wurde feucht, und schwere graue Regenwolken jagten über die Inselberge. Meinen Großeltern gefiel es bei uns nicht mehr so recht. Es rieche so modrig in den Betten, beklagte sich Oma, und die Feuchtigkeit zwicke sie in den Knochen. Wir hatten keine Heizung im Haus, außer dem Portassakamin, und wir fröstelten alle, nur wollte Mama das nicht zugeben.

»Was macht ein Mensch hier bloß den ganzen Tag?« fragte Opa.

Mama antwortete: »Lesen, nachdenken, spielen, einen Brief schreiben, Geschichten erzählen, ins Dorf fahren zum Einkaufen, kochen, einen Schwatz halten, Wasser heiß machen, den Schafen zusehen, eine Pflanze einsetzen, mit Piepmann laufen, eine Mauer bauen, Siesta halten, die Wolken betrachten, ein Bild malen …«

»Genug! Hör auf!« unterbrach Opa sie. »Dazu muß man jung sein.« Er mochte auch Mamas Kaffee nicht, der schmecke wie angebrannt, meinte er. Man merkte Mama an, daß sie etwas genervt war.

Papa verdrückte sich ins Dorf. Dort hoffte er jemand zu finden, der ihm beim Bauen helfen würde. Außerdem mußte er Mama versprechen, eine Kleiderstange in ihrem und Lollis Laden anzubringen.

Mama schlug vor, mit uns anderen einen Ausflug ans Meer zu machen. Aber es war wohl nicht die richtige Zeit für Meeresausflüge. Der Wind riß Oma den weißen Hut vom Kopf. Schwarz rollten die Wellen gegen die Felsen und schlugen sich gegenseitig zu weißem Schaum. Cala Muca lag wie ausgestorben, nur die Möwen ließen sich kreischend vom Wind hochtragen und fanden das schön.

Wir entdeckten dann doch noch eine Bar, die geöffnet hatte und in der ein paar Fischer Kaffee tranken, aber meine Großeltern hatten keine Lust hineinzugehen.

»Ich bin froh, wenn sie abfahren«, hörte ich Mama an diesem Abend zu Papa sagen. »Sie sind eben alt und können sich nicht mehr so gut umstellen.«

»Ich kann es ihnen nicht verdenken«, meinte Papa, »ich finde es im Januar hier auf der Insel auch nicht gemütlich.«

Nachts regnete es, und man konnte die Tropfen auf unser Dach ploppen hören. Draußen vor dem Rundfenster war die Nacht so schwarz wie ein Tintenfaß.

Einen Tag später flogen die Großeltern nach Deutschland zurück. Papa brachte sie zum Flughafen.

»Überlegt euch alles noch einmal gut!« sagte Oma zum Abschied zu Mama und drückte sie fest an sich.

»Es war schön, daß ihr gekommen seid«, erwiderte Mama. Mehr sagte sie nicht, aber an ihrem Gesicht sah man, daß sie alles schon längst überlegt hatte.

»In Cascada rücken die Leute im Winter zusammen«, sagte Arti, als ich mit Papa in der Bar Mercado war. Wir warteten auf den Maurer, der schon vor einer halben Stunde hätte dasein sollen. Unter den runden Tischen standen kleine Becken mit glühender Kohle, an denen

wärmten sich die Bauern die Füße. Alle Häuser in Cascada haben nämlich Steinboden, der macht kalte Füße.
Die Bauern haben im Winter hier fast nichts zu tun. Die Mandelernte ist vorbei, auch die Johannisbrotschoten sind längst in die Fabriken von Manaflor gebracht. Dann haben die Bauern viel Zeit. Sie trinken schwarzen Kaffee und erzählen sich Geschichten.
»Seht ihr«, sagte Arti, »Frieden durch Faulheit, das ist die Art von Politik, die ich liebe.«
Papa nickte, ich verstand nichts. Nur Männer in der Bar, das fand ich langweilig. Einer hatte gelbe Augen wie ein Schafbock und sprach lauter als die anderen.

»Was sagt er?« wollte Papa wissen.
»Er sagt«, übersetzte Arti, »nur der Dumme bricht sein Messer entzwei und meint, er habe zwei.«
»Und was meint er damit?« fragte Papa.
»So genau kann ich's dir nicht sagen«, entgegnete Arti. »Viele aus der Gegend haben in ihrer Jugend Ziegen gehütet. Nun sind sie reich geworden, weil sie ihre Felder und Weiden verkauft haben, an Fremde wie euch. Vielleicht will der Mann sagen, daß man nicht beides sein kann: Herr auf seinem Land und reich dazu.«
Ob Papa das verstanden hatte? Ich stellte mir reiche Leute anders vor. Mit einem großen Auto, vielen reinrassigen Hunden und einem Schwimmbad hinter dem Haus. Und in weißen Anzügen mit Krawatte. Reich? So sahen die hier nicht aus. Einigen fehlten viele Zähne, durch die Lücken schlürften sie ihren Kognak oder spuckten Olivenkerne auf den Steinboden. Ihre Hosen waren blaß vom vielen Waschen. So sahen doch keine reichen Leute aus. Ich fragte Arti danach.
»Weißt du, Kleine«, sagte er, »manchen Leuten sieht man es nicht an. Diese hier...«, und er deutete mit dem Kopf zum Nachbartisch, »diese hier haben ihren Reichtum versteckt, unter dem Bett, im Getreidespeicher oder in der Küchenschublade, kannst es mir glauben, wenn einer stirbt, gibt es lachende Erben.«
Was Arti so erzählt! Ich war froh, als der Maurer kam und wir endlich gingen.
Im Januar geschah noch anderes: Margaritas Abuela hatte über Nacht ein sehr krankes Herz bekommen, und Margarita berichtete, daß die Großmutter jetzt zehnmal

am Tag sagte: »Dies ist mein Ende, verschafft mir einen leichten Tod!«

Es geschahen auch gute Dinge: Die Fliegen in unseren Schlafzimmern verschwanden, die Orangen an den Bäumen wurden goldgelb, und Tarzans Puma war in Wirklichkeit eine Pumine und würde nun vielleicht selber Kätzchen bekommen. Mama fand das allerdings nicht so gut. Und ich? Seit Anfang Dezember war ich fünf Zentimeter gewachsen. Außerdem hatte ich schon über fünfhundert Wörter Spanisch gelernt. Und dann Eileen! Die verwandelte sich in eine kugelrunde, löwenköpfige Fee. Und Mama? Die war inzwischen dabei, mit Lolli weiter Kisten auszupacken und den kleinen Laden in Cala Muca damit vollzustopfen. Und Papa? Der übte seit neuestem Liegestütz, wir hatten nämlich in einem grünen Umschlag die Schlösserbaugenehmigung erhalten. Und zum Schlösserbauen braucht man Kraft, da kann man gar nicht genug trainieren.

Mama konnte kaum glauben, daß es nun endlich losging: Ein Lastwagen Steine und Sand aus der Zementfabrik bei Manaflor war schon auf unser Grundstück transportiert worden, und ein zweiter voller Zementsäcke war unterwegs. Heute wollte Papa nachsehen, ob auch alles gut gelagert war, und zusammen mit dem Maurer Pablo ein Tor vor die Tanca setzen, damit nicht irgendwer das Baumaterial davontrug.

Am Nachmittag kam plötzlich die Sonne heraus, und unser Thermometer an der Außenwand stieg bis auf zwanzig Grad.

»Noch zwei Wochen«, sagte Eileen, »dann ist die Winterzeit vorbei.« Dabei hatte es nicht ein einziges Mal Frost gegeben und schon gar keinen Schnee. Der Zitronenbaum nahe dem Eingang trug jetzt reife Zitronen, und auf den Märkten gab es jede Menge Orangen, das Kilo zu vierzig Peseten.

Mama und Eileen saßen auf den alten Terrassenstühlen und hatten Riesengläser mit ausgepreßtem Orangensaft vor sich stehen, in dem die Sonne funkelte. Sie steckten die Nasen abwechselnd in ihre Gläser und wieder zusammen und zischelten und tuschelten.

»Ich will auch gerne wissen, was hier getuschelt wird«, mischte ich mich ein.

»Sollen wir es ihr sagen?« Mama sah Eileen fragend an. Eileen nickte und zwinkerte mir zu. »Klar, unter Frauen ist so was doch kein Geheimnis.«

»Also«, begann Mama, »es ist ganz einfach: Eileen bekommt ein Baby.«

Wie bitte? Eileen war doch schon uralt. Und außerdem hatte Mama erzählt, daß man zum Kinderkriegen einen Mann braucht. Eileen hatte aber keinen.

»Bist du nicht zu alt«, fragte ich, »zum Kinderkriegen?«

»Bitte, Liane!« zischte Mama.

»Ist das auch wirklich wahr, und woher ist das Kind eigentlich?« fragte ich noch.

Mama überlegte, Eileen überlegte, beiden fiel nichts Rechtes ein.

Aber ich ließ nicht locker. Sie mußte doch wissen, woher dieses Kind kam. Irgendwo war da ein Geheimnis. Vielleicht war es ein Schmuggler, der sich versteckt halten mußte, und Eileen konnte deshalb nicht darüber sprechen,

zu keinem, nicht einmal zu mir. Ja, das konnte gut sein, wenn ich Eileen so ansah.
Dann fiel mir plötzlich dieser bärtige Typ ein, der seit der Fiesta hinter Eileen her war, der vom Fernsehen. Ob es am Ende sein konnte, daß ... Aber ich gab die Idee gleich wieder auf.
Vielleicht täuschte Eileen sich auch, man kann sich doch mal täuschen. Vielleicht hatte sie einfach zuviel gegessen. Plötzlich fiel mir etwas ein: die Prüfung, von der Margarita und Cristina vor einiger Zeit erzählt hatten. Bei der man herauskriegte, ob eine Frau einen Jungen oder ein Mädchen bekommt. Ich kam mir ganz schön schlau vor. Man konnte ja feststellen, ob Eileen die Wahrheit sagte oder uns was vorflunkerte. Natürlich durfte sie von der Prüfung nichts wissen. Außer mir würde niemand die Wahrheit kennen. Vielleicht sollte ich Margarita noch in das Geheimnis einweihen? Schließlich kannte sie sich ja aus mit dem Kinderkriegen. Während Mama und Eileen wieder die Nasen zusammensteckten, holte ich das Kartoffelmesser aus der Küche, weil das flach genug war. Und unsere Nagelschere aus dem Badezimmer.
Wie war das noch? Wenn sie einen Jungen bekam, würde sie sich auf das Messer setzen. Ja, so war es wohl.
In der Portassa versteckte ich die Beweisstücke unter zwei Sitzkissen. Mal sehen, was herauskam.
Leicht war es nicht, Eileen in die Portassa zu locken. Dabei hatte ich extra einige Minuten verstreichen lassen, um keinen Verdacht zu erregen. Als ich sah, wie sie ihr Schultertuch umlegte und aufstand, rief ich nach draußen: »Eileen soll kommen!«

»Komm doch du!« war Mamas Antwort.
Eileen kam aber trotzdem, ihre Umrisse zeichneten sich dunkel gegen den hellen Himmel ab. »Wolltest du noch etwas wissen?« erkundigte sie sich vorsichtig.
»Setz dich!« befahl ich ihr.
»Ist es immer noch wegen des Babys? Fändest du es nicht auch schön, wenn ich eines hätte?«
Solche Fragen! Was sollte man denn darauf antworten! Aber wenn ich nichts antwortete, würde sie gleich gehen.
»Wunderbar!« sagte ich. »Doch, echt, ich finde es wunderbar. Und jetzt mußt du dich setzen.«
Eileen setzte sich endlich, ohne hinzusehen, auf den nächstbesten Stuhl. Es war der einzige, auf dem nichts lag. Na also! Jetzt war der Beweis erbracht.
»Könnte es sein, daß du eifersüchtig bist?« fragte Eileen noch.
»Ich bin nicht eifersüchtig«, sagte ich, »und du bekommst gar kein Baby. Das weiß ich zufällig ziemlich genau.«
Eben kam Mama mit den leeren Gläsern zur Tür herein.
»Schluß jetzt mit dem Unsinn!« schimpfte sie. »Eileen kriegt Babys, soviel sie will und ohne dich um Erlaubnis zu fragen.«
»Mit oder ohne Balg«, sagte Eileen im Hinausgehen, »wir fahren im Sommer mit dem Schiff in die Schweinebucht, heiliges Ehrenwort.«
Dabei hatte sie jetzt gar kein Schiff mehr. Ich räumte Schere und Messer wieder weg und sah hinter ihr her, wie ihr schwarzer Rock vom Wind aufgebläht wurde und wie eine Staubfahne hochwirbelte. Wer hatte nun recht, sie oder Margarita?

Vor dem Abendessen sprachen Mama und Papa über Pablo, den Maurer, und daß er sofort aufhöre zu arbeiten, wenn man ihn nicht beaufsichtige. Während des Abendessens sprachen sie über Steine. Über Sandsteine, Kalksteine, Hohlblocksteine, Natursteine, Schornsteine. Und nach dem Essen schrieben sie meterlange Zahlenreihen auf großes Karopapier und rechneten aus, was alles kosten sollte. Bauen ist ziemlich langweilig.
Papa murmelte Zahlen vor sich hin und zog die Stirn kraus. »Ich kann es drehen und wenden, wie ich will«, sagte er, »es reicht nicht hin und nicht her.« Er zeigte Mama den Schloßplan und erklärte ihr die Zahlen dazu. Dann rechnete Mama alles noch mal nach.
»Du brauchst gar nicht zu rechnen«, sagte Papa, »unser Geld reicht einfach nicht.«
Dabei waren meine Eltern doch reiche Leute. Sie hatten einen Schuppen, der bis unters Dach mit Schätzen gefüllt war: Tischdecken und Teegeschirr, Uniformen mit goldenen Orden und Kerzenleuchter, marokkanische Wolldekken und Mamas ausgeflippte Pyjamahosen mit Tigermuster... Man brauchte das alles doch nur zu verkaufen, dann hätte man genug Geld.
»Es wird schwer werden«, sagte Papa und knipste den Kugelschreiber fünfzigmal an und aus.
»Es wird schon gehen«, sagte Mama entschieden, »und wenn ich selbst beim Mauern helfe. Wie machen es die Leute hier doch? Sie bauen in diesem Jahr zwei Zimmer und ziehen nächstes Jahr eine Wand und bauen noch einmal zwei Zimmer.«
»... Und im dritten Jahr decken sie das Dach, und in

zwanzig Jahren setzen sie Türen und Fenster ein.« Papa winkte ab.
»Es muß gehen«, meinte Mama. »In zwei Wochen mache ich den Laden auf, das bringt endlich Geld in die Kasse. Ich könnte auch Inselrundfahrten für Touris organisieren.«
»Und ich könnte den Leuten das Tauchen beibringen«, bot ich an, »oder auf dem Markt Muschelkästchen verkaufen.«
Als Mama mich am nächsten Tag mit nach Cala Muca nahm und wir bei ihrem Laden hielten, machte ich Augen. Wie der sich verändert hatte, seit ich das letztemal dagewesen war! Eine Wand hatte Lolli nun lila gestrichen und eine rosa, es gab knallgelbe Wandregale, in denen Mamas Tigerhosen und knallige Tupfenhemden wie Ostereier aussahen, und einen pinkfarbenen Tisch in der Mitte des Raumes. Dazu leuchteten die Fensterrahmen giftgrün und die Fliegenvorhänge blau. Ich sah auch einen Glasschrank, den ich noch nicht kannte, voller Schätze: goldene Spangen, gemusterte Kämme, bunte Meeresschnecken und Korallenhalsbänder. Das einzige, was nicht bunt war in dem kleinen Laden, war Lolli. Der stand weiß und dünn in der Mitte und sah ganz unglücklich aus.
»Lolli, um Himmels willen«, sagte Mama, »du siehst nicht gut aus!«
»Mir ist auch nicht gut«, krächzte er. »Wahrscheinlich hat mich der Inselvirus erwischt.«
Mama untersuchte Lolli. »Ins Bett mit dir«, sagte sie, »und ordentlich schwitzen, damit du bis zur Eröffnung wieder fit bist.«

Das Lachen der Abuela

Es war eine stürmische Nacht, als Margaritas Abuela starb. Margarita brauchte an dem Morgen danach nicht zur Schule zu gehen, und Cristina war von der Stadt heimgekommen, wo sie die Woche über das Gymnasium besuchte.

Señorita Malesina trug heute ein rotes Kleid, das ihr sehr gut stand, und erzählte uns von den Mauren, die vor vielen hundert Jahren die Insel überfallen und viele Menschen getötet hatten. Ich konnte von meinem Platz aus in die Gärten hinter dem Schulhof sehen, wo jetzt tausend gelbe Margeritenbüsche blühten. Zwischen den Blüten weideten dunkelbraune Zottelschafe mit ihren Lämmern, die noch weiß und wollig waren und drollige Sprünge rings um die Mandelbäume vollführten.

Trotz des blauen Himmels und der gelben Margeriten, trotz der friedlich grasenden Schafe und Señorita Malesinas rotem Kleid war die Abuela gestorben. Was bedeutete das?

Nicht daß ich die Abuela besonders gern gehabt hätte, im Gegenteil, eigentlich war sie mir immer unheimlich gewesen. Aber trotzdem, wo war sie jetzt, nachdem sie gestorben war, oder wo würde sie hingehen? Noch war sie da, und Margarita hatte mich am Morgen vor dem Schultor gefragt, ob ich ihrer Großmutter auch die letzte Ehre geben wolle.

Ich spürte, wie jemand mich betrachtete. Aufgepaßt hatte ich auch nicht. Aber wie sollte man das, wenn gerade

jemand gestorben war? Señorita Malesina kehrte uns den Rücken zu und schrieb mit gelber Kreide Jahreszahlen an die Tafel, von denen jede einen Mauren-Überfall bedeutete. Blaue Zahlen bedeuteten spanische Überfälle und grüne die von den Engländern unternommenen.
Ich wurde immer noch beobachtet. Die Blicke kamen von seitlich, von da, wo sonst meine Freundin Margarita saß und die Sicht verdeckte. Es war Juan Garcia. Heute, wo sie fehlte, konnte er herüberschauen. Er sah so schrecklich ernst aus mit seinen schwarzen Augen. Vielleicht war sein Urururgroßvater ein maurischer Teufel gewesen, aber jetzt lächelte er, als ich ihn ansah.
Señorita Malesina hatte erzählt, die Mauren hätten Frauen von der Insel geheiratet, deshalb gäbe es in Muca so viele verschieden aussehende Menschen. Und nun wohnten wir auch auf dieser Insel. Und Janine, die aus Frankreich stammte, und Eileen aus England. Leute aus der ganzen Welt wollten auf der Insel leben, warum bloß? Vielleicht, weil sie so hell unter dem Himmel lag, mit weiten Feldern voller gelber Margeriten und rotem Mohn, mit Mandelbäumen, die wie beschneit aussahen, als sie im Februar blühten. Und voll süßer Stimmen war die Insel jetzt. Dem Gesang der Sprosser, die Mama mir kürzlich auf dem Feigenbaum gezeigt hatte, dem Blöken der Schafe, dem Sirren der Zikaden. Und weil die Insel duftete, so wie der Honig, den wir vom Markt mit heimbrachten.
Vielleicht hätte Señorita Malesina uns auch noch etwas über die Schmuggler erzählen können, sie wußte soviel zu berichten, aber ich wagte nicht, ein so verdächtiges Thema anzuschneiden. Meine Gedanken kehrten in das verschlos-

sene gelbe Haus zurück, in dem heute nacht die Abuela gestorben war. Ob man als Gestorbener den Duft noch riechen konnte und die Käuzchen noch hörte, wenn sie nachts über die Felder strichen?
Ich fühlte mich nicht besonders wohl, als ich nach der Schule bei Margarita klopfte. Die Abuela lag am gleichen Platz, wo sie damals gesessen hatte, als ich das erstemal in Margaritas Haus zu Besuch gewesen war. Ihren Körper verbarg ein rotes Samttuch, das von langen weißen Kerzen beleuchtet wurde. Die Nase der Abuela trat blaß und spitz hervor, und die Haut über der Stirn und an den Wangen war weiß wie Kalk. Ich hatte Angst gehabt, in ihre schwarzen, unheimlichen Augen blicken zu müssen, aber die Augenlider waren nun geschlossen. Die Abuela schwieg, ihre krächzende Stimme lag eingesperrt hinter den fadendünnen Lippen. Margarita und Cristina hatten die langen Haare zu Zöpfen gebunden, und Margaritas Mutter trug ein schwarzes Spitzentuch über ihrer Frisur. Sie huschte geräuschlos wie auf Gummirädern durch den Raum und ließ die Nachbarinnen ein, die alle noch einmal an der toten Großmutter vorübergehen wollten. Es kamen auch Männer zur Tür herein, aber mehr Frauen.
Die Frauen bekreuzigten sich vor der Großmutter und blickten ihr so forschend und ängstlich ins Gesicht, als glaubten sie, die alte Frau triebe nur einen bösen Scherz mit ihnen und würde sich gleich aus dem roten Samt aufrichten, um alle auszulachen.
Auf dem Tisch, an dem wir damals auch gesessen hatten, wurden den Leuten Tapas angeboten. Gebratene Tintenfischringe und saure Sardinen, Salzmandeln und Fleisch-

bällchen gab es und Kaffee und Bier. Vorhin hatte ich keinen Appetit gehabt, aber jetzt hatte ich doch Hunger. Außerdem würde ich den ganzen Nachmittag nichts zu essen bekommen, weil Mama im Laden die Eröffnung vorbereitete und Papa erst spät vom Bau zurückkam.
Margaritas Eltern hatten Papa und Mama angeboten, mich die Woche über bei sich zu behalten, bis Papa mich abends abholen käme. Margarita drückte mich fest und sagte, sie freue sich. Jetzt könne ich bei ihnen wohnen, jetzt, wo das Zimmer der Abuela frei geworden sei.
Ich dachte nicht daran, im Zimmer der Abuela zu schlafen, niemals. Kein Auge würde ich zutun, sollte ich gar noch in ihrem Bett liegen.
»Wo kommt sie jetzt hin?« fragte ich Margarita leise.
»In den Himmel«, antwortete Margarita, aber Cristina gab ihr einen Stoß in die Seite.
»Das ist nicht gewiß, vielleicht kommt sie auch in die Hölle.«
»Du bist widerlich«, schimpfte Margarita ihre Schwester aus, »über Verstorbene sagt man nichts Schlechtes, nur Gutes. Weil sie sonst im Grab keine Ruhe finden und umherirren müssen.«
Und mich wollte Margarita in diesem Haus schlafen lassen!
»Glaubst du an Himmel und Hölle?« fragte ich Margarita.
»Ja, warum nicht?« antwortete Margarita. »An was soll man sonst glauben?«
Ich wußte es auch nicht. Aber ich stellte mir vor, wie die Abuela in einem blauen Schiff durch die Schweinebucht hinaus aufs Meer fuhr, immer weiter und weiter, bis kein

Land mehr in Sicht war. Vielleicht würde sie sieben Tage und sieben Nächte auf dem Schiff fahren und am Ende auf einer lila Insel anlegen, wo keiner außer ihr wohnte. Vielleicht hatte jeder Verstorbene eine eigene Insel weit draußen auf dem Meer.

Ich erzählte Margarita nichts von meinen Gedanken. Aber Cristina beugte sich zu mir herüber und flüsterte: »Den Toten wachsen die Fingernägel weiter und den Männern der Bart, hast du das gewußt?«

Mir lief ein Schauer über den Rücken. Nein, das hatte ich nicht gewußt. Warum sagte Cristina nur so etwas? Das war wirklich widerlich.

Die Leute aßen Tapas und tranken Wein und Bier. Und wenn eine Platte geleert war, huschte Margaritas Mutter auf Gummirädern hinter den gemusterten Vorhang und brachte eine neue Platte auf den Tisch. Oder die Nachbarin Teresa, die an Weihnachten die Abuela zu uns gebracht hatte, trug auf.

Und während alldem lag die Verstorbene nebenan, spitznasig und weißhäutig, und als ich mich verstohlen noch einmal in die Nähe traute, sah ich ihre Finger um ein Heiligenbild und den Rosenkranz gelegt, und ich sah die Fingernägel. Sie waren lang und weiß und schrecklich. Jetzt war ich ganz sicher: Cristina hatte recht mit dem, was sie vorhin gesagt hatte.

Die große Wanduhr schlug gerade zwölf, da geschah etwas Schreckliches: Die Abuela lachte, laut und schrill, daß es durch den großen Raum hallte.

Einen Moment lang wurde es so still im Raum, daß man eine Maus hätte laufen hören, der Bissen blieb den Leuten

im Hals stecken, nicht einmal ein Atemzug war zu hören. Alles blickte in Richtung des Lagers, und die Kerzen flackerten einen Augenblick, dann brannten sie ruhig weiter.
»Das war bloß der Papagei«, sagte Margaritas Vater in die Stille hinein, »nur der Papagei, nichts weiter!«
Da bewegten sich alle wieder, es wurde wieder gesprochen, sogar gelacht. Und Margaritas Mutter griff nach einem schwarzen Tuch und eilte nach draußen in den schönen Gartenhof, wo der Papageienkäfig stand. Ich ging hinterher, um ihn zu sehen – Narciso Yepes, hieß er nicht so? –, aber er war nun zur Strafe unter das schwarze Tuch verbannt worden, da sollte ihm das Lachen vergehen.
Als ich zurück in das dunkle Kerzenzimmer kam, waren noch mehr Besucher gekommen. Juan Garcia in Begleitung eines dünnen, krank aussehenden Mannes, vielleicht seines Vaters? Auch er mußte der Alten die Ehre erweisen und niederknien, das hatte er wohl schon heute morgen gewußt und deshalb so ernsthaft nach mir geblickt.
Plötzlich glaubte ich keine Luft mehr zu bekommen, zu ersticken zwischen all den Kerzen, den Seufzern und den dunkel starrenden Blicken der Menschen, und der Geruch nach Wein, Knoblauch und andere aufdringliche Düfte machten, daß mir übel wurde. Ich wollte nichts als hinaus auf die Äcker, wo die Margeriten blühten und die Schafschellen so fröhlich und hell vor sich hin bimmelten. Ich wollte hinter dem Bettnässerhaus auf den Hügel steigen, ganz hoch, bis dahin, von wo aus man das Meer sehen konnte, wo die Wiedehopfe ihre Nester in den Dornen hatten. Bloß fort von hier, weg von der Toten und

ihren Totenwächtern. Niemand sah es, nur Juan Garcia. Sein Blick war fragend, und ich antwortete ihm, ohne ein Wort zu sagen. Niemand gab acht, als ich durch das schwere Portal mit den Messinglöwen schlüpfte und die Straße entlang rannte. Hinter mir die schnellen Sprünge von Juan Garcia.

Wir liefen durch das ganze Dorf, das wie ausgestorben dalag, vorbei an unserer Schule und hinaus auf den Camino, der zu unserem zukünftigen Schloß führte. Erst hier gingen wir langsam weiter, Schritt für Schritt, ohne ein Wort zu sagen, bis die Luft wieder leicht aus und ein ging in Nase und Brust. Der Himmel wurde gerade goldgelb, und ein kleiner Wind zupfte an allem und jedem und ließ Juan Garcias schwarze borstige Haare hochstehen. Er sah so seltsam aus: wie ein schwarzer Struwwelpeter, daß ich lachen mußte. Da lachte er mit. Wir hatten seit Weihnachten nichts miteinander gesprochen, und so war es jetzt schwer, etwas zu sagen.

»Wollen wir uns auf eine Mauer setzen?« fragte ich.

»Warum nicht?« sagte er. Plötzlich fiel ihm etwas ein. »Ah, ich kenne ein Talaiot, nicht weit von hier. Willst du dorthin?«

»Warum nicht«, antwortete ich, obwohl ich gar nicht wußte, was ein Talaiot ist. Es würde noch etwa eine Stunde dauern, bis Papa mich abholen käme, solange hatte ich Zeit.

Juan Garcia bog in einen Seitenweg, der in einer großen S-Linie fast rückwärts führte und einen Bogen um das Dorf machte, um schließlich wieder zu den Hügeln anzusteigen. An einer gelben Finca liefen wir vorbei mit einer vertrock-

neten Palme und zwei verrosteten Autowracks davor und an einem Pferch mit zwei riesigen schwarzgefleckten Schweinen, die uns dumpf grunzend hinter der Mauer begleiteten, bis sie nicht mehr weiterkonnten. Nach links öffnete sich die Mauer, und eine gewaltige Felswand stand mitten im Gelände. Keine natürliche, sie war aus riesigen Felsbrocken zusammengesetzt, und dahinter unter Kiefern konnte ich ein rundes, oben eingestürztes Bauwerk erkennen, das aus ebensolchen Steinen errichtet war.
Juan Garcia schneuzte sich mit der Hand. »Da ist das Talaiot«, sagte er mit seiner rauhen Stimme.
Das Gebäude sah unheimlich aus, wie ein Berg. Hier wollte ich nicht bleiben, so einsam unter den Steinen, durch die der Wind wie durch eine Riesenflöte pfiff.
Juan Garcia sah mich forschend an. »Hast du Angst?« fragte er.
Ich blies mich auf. »Wieso sollte ich Angst haben?«
»Weil hier die Seelen der Seefahrer wohnen«, antwortete Juan Garcia. »Sie liegen unter uns begraben, lauter Helden, und ihnen gehört hier alles, die ganze Insel.« Er machte eine weitausladende Armbewegung.
»Ich weiß schon«, sagte ich.
»Wenn ich mit dir gehe«, sagte Juan Garcia, »dann kann dir nichts passieren, ich habe schon einmal mit einem wilden Hund gekämpft.«
Mir fiel erst nichts ein, da hielt er mir seinen Arm hin und zeigte auf die blaurote Linie, die quer darüberlief. »Da! Man hat den Knochen gesehen!«
»Hat sicher mordsweh getan«, sagte ich.
»Ach wo«, antwortete er verächtlich, »war nicht schlimm.

Ich werde ja auch mit unserem Esel fertig, das schafft nicht mal mein Bruder Carlos.« Er schwieg einen Moment. »Hast du außer vorhin schon einmal einen Toten gesehen?« fragte er. »Nein? Ich schon: auf der Fiesta des Sant' Juan in Cala Muca. Er kam mit dem Meer, und sein Leib war wie von einem Walfisch.«

Was der einem erzählte!

»Ich muß zurück«, sagte ich. Papa würde bald kommen, um mich abzuholen.

»Warst du schon einmal auf der Fiesta des Sant' Juan?« fragte er, während wir langsam zurückgingen.

»Wir sind doch erst von Deutschland gekommen«, sagte ich.

»Ah, stimmt. Jedenfalls ist sie in sechs Wochen, an meinem Namenstag, und alle Schiffe und alle Leute machen mit. Ich mache auch mit, nur die Mutigsten nehmen an dem Wettkampf teil.«

Er gab ganz schön an. Eigentlich mochte ich Jungen nicht, die so angaben.

»Ich will später einmal Plattenstar werden«, sagte Juan, »oder Stierkämpfer oder Millionär wie Juan March, und du?«

Ich wollte noch fragen, wer dieser Juan March war, da sagte er schon: »Wahrscheinlich willst du heiraten, wie alle Mädchen!«

»Ich? Nie! Vielleicht werde ich Fallschirmspringerin, mal sehen. Jetzt bauen wir jedenfalls erst mal ein Schloß!«

»Ein Schloß? Habt ihr so viel Geld?«

Er hatte angegeben, ich auch. Eigentlich mochte ich keine Angeber. Aber bei ihm war das irgendwie anders. Er

konnte ja auch Gitarre spielen, das konnten die anderen Jungen nicht.
Wir bogen wieder in den großen Camino ein. Der Himmel über uns war nun dunkelrot mit kleinen gelben Wölkchen. Juan Garcias Gesicht sah wie das eines Indianers aus. Hinter uns dröhnte Motorengeräusch. Als wir uns an die Mauer quetschten, um die Kiste vorbeizulassen, sah ich, daß es Papa und seine zwei Maurer waren.
»Das ist Papa«, sagte ich. Juan Garcias Miene änderte sich nicht, er hatte auch vor Vätern keine Angst.
»Wirst du kommen?« fragte er.
»Wohin kommen?«
»Auf die Fiesta des Sant' Juan?«
Ach so. Vielleicht. »Mal sehen.«
Papa streckte den Kopf zum Fenster heraus. »Soll ich deinen Freund mitnehmen?« fragte er.
Juan Garcia winkte ab, und der eine Maurer mit Namen Colmado machte mir Platz.
»Was habt ihr denn hier draußen gemacht?« wollte Papa wissen.
»Er hat mir das Talaiot gezeigt«, sagte ich.
Als ich mich umdrehte, hob er sich schwarz wie ein Scherenschnitt gegen den roten Abendhimmel ab.

Dann kam die Eröffnungsfete von Lollis und Mamas Laden. Lolli war gerade noch rechtzeitig gesund geworden.
Am Abend vorher hängten wir das Eröffnungsschild an die Ladentür, damit alle Bescheid wußten. Das hatten Mama und ich zusammen geschrieben und gemalt. Von mir

stammte das »Bienvenido«, was soviel heißt wie »nur hereinspaziert«, von Mama die Wolken, Sterne und die Tintenfische mit den getuschten Wimpern. Ach, beinahe hätte ich's vergessen: Der Laden hieß »Calamar«, das bedeutet »Tintenfisch«.

Wir hatten den roten Sekt in Plastikeimern kühlgestellt, fünfzehn Flaschen, und Tibo half Papa beim Ausschenken. Der erste Flaschenkorken knallte an die Decke und machte einen Fleck auf die frische Farbe, da ging Papa mit den anderen Flaschen auf die Straße. Als die Leute, die vorbeibummelten, den Korkenknall und das Gelächter aus unserem Laden hörten, fragten sie nach, was dort gefeiert würde, in englischer, deutscher und französischer Sprache, denn es waren schon die ersten Touris. Papa lud sie ein hereinzukommen, wo es schon ohne sie keinen Platz mehr gab.

Wer alles da war? Unser Freund Arti natürlich und Eileen, die nur noch sitzen konnte mit ihrem runden Bauch, Señora Vidal mit ihrer Schwester und Margarita, Janine und Tibo zusammen mit einer Freundin aus Paris, Papas Maurer Colmado, Lolli und eine Menge Freunde, die ich nicht kannte. Die Touris freuten sich, als sie auch einen Becher Sekt bekamen, und einige von den Mädchen fingen an, Mamas Tigerhosen und schrille Hemden aus den gelben Regalen zu zerren und in der Ecke anzuprobieren. Später kam dann noch der Hafenmeister von Cala Muca, nämlich Tio Pepe, von dem wir letztes Jahr den Glitschfisch geschenkt bekommen hatten. Heute versprach er Mama, daß wir alle einmal auf seinem Schiff mitfahren dürften. Darauf stießen sie noch einmal an und tranken

Brüderschaft, weil sie ja jetzt so etwas Ähnliches wie Nachbarn wären.
Als der Sekt zu Ende ging, tranken die Gäste auch noch die Fünf-Liter-Reserveflasche mit Wein aus. Die waren vielleicht besäuselt! Als endlich alle weg waren, haben sich meine Eltern umarmt und so einen Tanz hingelegt, im Kreis herum, so etwas Ähnliches wie Polka. Ich glaube, sie waren mehr als vergnügt, und ich weiß auch, warum. Weil nämlich Mama heute zum erstenmal Kasse gemacht hatte. Drei Tigerleopardenhosen, zwei schrille Hemden, einen Bikini und mehrere Sonnenbrillen hatten die Tourifrauen gekauft. Das Geld konnten wir gut brauchen, so ein Schafstallschloß kostet nämlich eine Menge Geld, und so ein Maurer wie Colmado kriegt jeden Freitag seine Peseten, das weiß ich von Papa.
Jetzt muß ich auch noch etwas über Tarzan sagen: nämlich, daß er seit Tagen keine Pampers mehr braucht, er sagt plötzlich ordentlich »Tartan Pipi muß«, und Mama könnte ihn von Kopf bis Fuß abknutschen deswegen.

Ein Prinz namens »Glückliche Ostern«

Vor der Bar Mercado sah ich Eileen stehen. In ihrem weiten blauen Kleid, das bis auf den Boden ging, sah sie aus wie die Jungfrau Maria in der Kirche von Muca. Sie stand unter den Pinien, umgeben von einigen Frauen, die alle einen Kopf kleiner waren als sie, und der Wind wehte in ihren weiten Rock, daß er sich wie ein Segel blähte. Darunter versteckte Eileen ihren Bauch, aber so einen Bauch kann man gar nicht verstecken. Deshalb deuteten auch alle Frauen darauf und sprachen mit ihm, als sei er schon ein eigenes Wesen.

Mama hielt das Auto an.

»Frohe Ostern«, rief Eileen zu uns herüber. Noch nie hatte ich ihr Gesicht so leuchten sehen.

»Ist es bald soweit?« fragte Mama.

»Gerade bin ich auf dem Weg zum Krankenhaus, heute morgen haben die Wehen eingesetzt.«

»Sollen wir dich hinfahren?«

»Nicht nötig!« Eileen deutete auf eine der Frauen. »Ana will mich begleiten, außerdem hält der Bus gleich vor dem Krankenhaus.«

Ana hob die große Reisetasche vom Boden, denn eben kam der Bus um die Ecke gebraust.

Die Frauen strichen Eileen über den Bauch und lachten ihr zu, bis sie eingestiegen war. »Que te vaya bien«, riefen die Frauen im Chor.

»Alles Gute für dich«, rief auch Mama, als Eileen ihren Löwenkopf noch einmal aus der Bustür streckte. Während

der Bus anfuhr, rief sie uns zu: »Denkt euch schon einmal einen schönen Prinzessinnennamen aus!«
Ich blickte dem Bus nach, bis er verschwunden war, und dachte an das Geheimnis um Schere und Messer. Und daran, daß Eileen sich auf einen anderen Stuhl gesetzt hatte und eigentlich jetzt kein Baby kriegen konnte. Vielleicht hatte sie ja Luft im Bauch statt eines Babys, mal sehen.
»Woher weiß man eigentlich, daß man ein Baby bekommt?« fragte ich Mama.
»Das ist kaum zu übersehen: Man bekommt einen dicken Bauch.«
»Und wann kriegt man so einen Bauch?«
»Wenn die Regel ausbleibt.«
Aha. »Nicht, wenn man sich auf eine Schere oder ein Messer setzt?«
Mama starrte mich an, und ich spürte gleich, daß ich Margaritas Geheimnis lieber für mich hätte behalten sollen.
»Was ist das für ein Märchen?« wollte sie wissen, aber ich tat, als hätte ich nicht zugehört.
»Und einen Mann, braucht man keinen Mann dazu?«
»Vorher schon«, sagte Mama, »aber nachher nicht mehr.«
So ein Quatsch, das sollte einer verstehen.
»Ein Kind«, erklärte Mama, »will fast jede Frau kriegen. Mit oder ohne Mann. Und wenn man fast vierzig ist, wird es Zeit, wenn man noch ein Kind kriegen will. Und Eileen ist fast vierzig.«
Gut, daß ich keine Frau war. Sicher würde ich auch nie eine werden. Lieber Perlentaucherin oder Fallschirmspringerin.

In der Bar Mercado gab es Tapas und frische Ensaimadas, die wie ein Turm auf der Theke aufgebaut waren. Und Mama und ich dachten uns Namen aus für Eileens Prinzessin.
»Jennifer, Tamara oder Valerie«, sagte Mama.
»Susie Wong, Pipi Langstrumpf oder Schickimicki«, sagte ich.
Im Fernsehapparat, der in der Ecke lief, ohne daß einer zusah, polierte ein Comic-Osterhase seine Eier mit »Brilli«, einem neuen Putzmittel. Morgen war Ostern. Aber daß es Osterhasen gab, die Eier legten, glaubte ich schon lange nicht mehr.
Wir wollten ein Picknick machen. Das allererste Picknick in unserem Schloßpark. Papa hatte Arti eingeladen und Mama Margarita mit ihrer Familie. Aber die waren zu Verwandten in die Berge gefahren. So sollte nur Arti kommen. Papa wollte uns zeigen, was die beiden Maurer und er in den letzten Wochen gebaut hatten. Außerdem hatte er vor, die Palme einzugraben, die gelb und staubig im Auto lag. Die vertrocknete, zusammengebundene Krone sah traurig aus.
Abends konnte ich wieder einmal nicht einschlafen. Ich sah, wie der Mond weiß und riesengroß über die schwarzen Berge stieg, ein warmer Wind drang durch das offene Fenster, und ich hörte meine Eltern nebenan flüstern.
Tarzan und Löwi, der am Fußende des Bettes lag, schnauften und schnieften im Schlaf, und ich hatte Lust, zu Mama und Papa ins Bett zu schlüpfen. Durch den hellen Türspalt konnte ich sie liegen sehen, Mamas und Papas Kopf ganz nah beieinander. Wenn sie so lagen, wollten sie

nicht, daß man sie störte, und so legte ich mein Ohr an die Tür, um zu lauschen.
Papas Stimme klang sorgenvoll. Er erzählte Mama, daß er sehr viel Geld ausgegeben habe: für Sand, für Steine und für die Maurer, die mit ihm das Schloß bauten. Und daß es nun nicht mehr für das Dach reiche.
Mama tröstete ihn. Bald würden noch mehr Inseltouristen kommen und in ihrem Lädchen einkaufen. Und daß sie jetzt lerne, Keramikfiguren zu fabrizieren. Mama hatte noch andere Ideen: Den Dorfkindern Deutschunterricht geben oder Inselrundfahrten organisieren wollte sie. Aber alles, was sie sagte, schien Papa nicht zu beruhigen. Am Schluß sagte Mama: »Wir werden es schon schaffen, du und ich und die Kinder, du mußt nur an unsere Kraft glauben.«
Jetzt stand Papa aus dem Bett auf, und ich mußte machen, daß ich in mein Zimmer kam. Ich nahm Löwi in die Arme, der eigentlich nicht im Bett liegen sollte, weil er Flöhe hatte. Löwi war weich und roch gut und schniefte im Schlaf.
»Löwi, meine Eltern haben kein Geld«, flüsterte ich der Katze ins Ohr, »und wir werden kein Dach über dem Kopf haben.«
Löwi zuckte leicht mit den Ohren, und weit weg heulte ein Hund den Mond an. Vielleicht hatte er einen weißen Schwanz und goldene Augen.
Als ich dann doch fast eingeschlafen wäre, hörte ich etwas rascheln. Entweder Mäuse oder Puma, der nicht zu Hause war. Das mußte noch ergründet werden.
Durch die angelehnte Tür sah ich Papa und Mama

hinunterschleichen in die Portassa, Mama hatte ihren Kuschelanzug an und Papa seinen Bademantel. Sofort bekam ich Herzklopfen. Ob sie sich heimlich davonmachen wollten, weil das Geld nicht für uns alle reichte? So ein Gedanke trifft einen wie ein elektrischer Schlag, vom Kopf bis in die Fußspitzen. Jetzt waren sie unten, und ich hörte Mama leise lachen. Daß sie uns so verraten würden, hätte ich nicht gedacht. Und zu Eileen könnten wir sicher auch nicht mehr gehen, wegen der Prinzessin.

Leise wurde der Riegel zurückgeschoben, der die schwere Balkentür verschließt. Gewiß würden sie im nächsten Augenblick ins Auto steigen. Es mußte etwas geschehen, jetzt gleich. Fröstelnd schlich ich hinunter in die kühle Halle. Der Lichtschein einer Kerze malte unheimliche Schattenbilder an die weißen Wände. Bilder von einem wilden Hund, von Inselmännern mit Steingesichtern und Abuelas mit eingefallenen Augen und Wangen.

Draußen waren Papa und Mama nicht ins Auto gestiegen, sondern saßen auf den alten, zerschlissenen Terrassenstühlen an dem wackeligen Tisch, Schulter an Schulter. Das rötliche Glimmen einer brennenden Zigarette tanzte in der Dunkelheit, und die Kerze färbte ihre Gesichter hell. Langsam ließ mein Herzgehämmer nach, und ich spürte, daß ich Arme und Beine wie aus Gummi hatte. Sie wollten also doch nicht davonfahren und Tarzan und mich bei den Mauerwächtern zurücklassen.

Hinter der nach Moder riechenden Tür hörte ich sie von Deutschland sprechen und von der Stadt, wo wir früher gewohnt hatten. Von den Autoschlangen, die Tag für Tag unsere Atemluft vergifteten, und von Atomkraftwerken,

vor denen man Angst haben müßte; von unserem Fluß, der die Stadt in zwei Hälften teilte und der entweder grau war oder gelb, mit weißlichen Schaumkissen an der Schleuse.
»Nicht so laut!« sagte Papa.
»Dort ist alles vergiftet«, sagte Mama. Und das Geld könne ihr gestohlen bleiben, auch wenn es in Deutschland leichter zu verdienen sei als hier. »Und wenn schon«, sagte Mama noch, »dann können wir uns eben erst nächstes Jahr ein Dach leisten. Wenn man erst einmal hier ist, spielt alles andere keine Rolle.«
Was Mama sagte, klang sehr mutig, und Papa nahm ihr die Zigarette weg und küßte sie auf den Mund. Eben hatte ich nicht aufgepaßt, und der Riegel machte ein schepperndes Geräusch. Ihre Köpfe flogen auseinander, und Papa sprang auf. So schnell konnte ich nicht davonlaufen.
Papa fing mich ein. »Wen haben wir denn hier?« sagte er. Seine Hand war ganz warm. Warum, weiß ich nicht, aber ich spürte, wie mich die Tränen im Hals drückten.
»Hast du uns reden hören?« fragte Papa.
»Ja«, murmelte ich.
»Auch, was wir alles gesagt haben?«
»Ja«, murmelte ich.
»Und jetzt machst du dir Sorgen?« fragte Mama.
»Ich dachte, ihr würdet wegfahren, weil wir nicht genug Geld für uns alle haben«, sagte ich.
»Wie du nur auf so etwas kommst«, sagte Mama. »Wir konnten nicht schlafen, weil es so heiß im Bett war.«
»Und so hell im Zimmer!« sagte Papa und nahm mich zu sich in den Bademantel. »Ohne euch«, sagte er noch, »wären wir doch ganz traurig, weißt du das nicht? So

traurig, daß wir gar nicht mehr wüßten, was wir machen sollen.«
»Alles nur, weil Vollmond ist«, meinte Mama. »Aber jetzt gehen wir trotzdem alle ins Bett. Wir wollen doch unser Picknick nicht verschlafen.«
Meine Arme und Beine fühlten sich an wie die von Hampelchen, wie angenäht und ausgestopft. Im Bett war alles in Ordnung, das heißt Löwi war noch da. Er hatte sich auf meinem Kopfkissen breitgemacht. Ich sagte ihm noch, daß er sich gar nicht aufzuregen brauche, bevor ich in Schlaf geschnurrt wurde.

»Hau ruck, hau ruck«, kommandierte Tarzan. Mama, Papa und Arti zerrten an der Palme.
»Da haben sie euch ja ein Ding angedreht«, ächzte Arti.
»Ich finde sie wunderschön«, sagte ich.
»Bis die angewachsen ist!« meckerte er weiter. »Habt ihr hier überhaupt Wasser?«
»Wir haben alles, was das Herz begehrt«, sagte Mama, »Wasser, vier eigene Wände und eine Palme!«
Das stimmte. Vier Wände standen schon, sogar mit einem Bogen als Eingang. Man konnte hineingehen und hinten hinaus in den Patio oder in das, was später der Patio sein würde.
»Hau ruck«, kommandierte Tarzan. Da gab die Palme nach. Sie hatte wahrscheinlich genug vom Autofahren und nichts weiter im Sinn, als in das Loch zu hopsen, das Papa und Arti schwitzend und fluchend ausgehoben hatten.
»Dieses Picknick habe ich mir aber schwer verdient«, sagte

Arti, als die Palme endlich in der Kuhle saß. Sie sah wirklich bemerkenswert schlecht aus. Auf einmal kam Piepmann vorbeigehoppelt, hob das Bein und taufte die Palme. Jedenfalls sah es wie taufen aus.

»Piepmann weiß, was Palmen brauchen.« Mama lachte.

»Wenn du Hundepisse meinst«, bemerkte Arti, »liegst du falsch.«

»Ich meine Wasser«, sagte Mama.

Papa ging hinter die nagelneuen Mauern oder in den Schloßhof, je nachdem, und kam mit einem roten Schlauch zurück.

»Ihr seid wirklich zu beglückwünschen«, sagte Arti. »Wasser auf dem Grundstück, wer hat das schon?«

»Wasser ist doch überall!« sagte ich.

»Denkste«, entgegnete er, »hier auf der Insel ist das Grundwasser fast aufgebraucht, aus manchen Wasserleitungen fließt es schon salzig, weil der Grundwasserspiegel tiefer liegt als der Meeresspiegel.« Er sah mich an, als wenn er darüber sehr traurig wäre. »Und wenn hier noch mehr Touristen absteigen«, sagte er, »dann wird es bald überhaupt kein Grundwasser mehr geben.«

»Es müßte eben mal regnen«, sagte Mama und fuhr mit der Hand durch die dürren Halme. Sie hatte recht: Seit Monaten hatte es nicht mehr geregnet.

»Hola!« rief jemand hinter uns.

»Hola!« Wir drehten uns um. Über die Mauer lehnte ein alter Mann mit einer dunklen Baskenmütze und grinste. Irgendwie kam er mir bekannt vor.

»Wer ist das, kennst du den?« fragte Papa Arti.

»Er heißt überall El Gordo«, antwortete Arti. »Ihm gehört

das Nachbargrundstück, dort hält er ein paar Schafe und Perlhühner. Außerdem züchtet er auch Ibizenkos.«
»Sag ihm, daß er hereinkommen soll«, trug Papa unserem Freund auf.
Der Alte kam gerne. Er betrachtete die fertige Vorderwand mit dem Rundbogen und die neue Palme davor und nickte freundlich. Tausend scharfe, tiefe Falten liefen in seinem Gesicht kreuz und quer bis unter die Baskenmütze.
Mama hatte karierte Handtücher auf dem steinigen Boden ausgebreitet und unsere Picknicksachen darauf verteilt.
»Will er sich nicht setzen?« sagte Papa.
Arti fragte El Gordo. »Sitzen kann er nicht«, erklärte er daraufhin, »weil seine Knochen streiken.«
Mama hielt dem Alten ein volles Weinglas hin, das nahm er gerne. Sie hatte zwar nicht wie ich jeden Tag fünf Wörter gelernt (manchmal schwänzte sie tagelang und lernte nicht ein Wort), trotzdem schien El Gordo sie zu verstehen. Daß Papa hier ein Haus für uns baue, erzählte sie, und daß wir dann immer hier leben wollten. El Gordo nickte und lächelte. Er blieb einfach stehen und starrte auf unser Essen. Da bot Mama ihm von unserer Blätterteigpastete mit Erbsen an. Ich wünschte, er würde wieder gehen. Wenn er hier weiter herumstand, würde er am Ende auch unseren Nachtisch noch essen. Hungrig wie er war, verschlang er auch noch ein Ei und ein dickes Käsestück, dazu trank er mehrere Gläser Wein. Er hatte heute bestimmt noch nichts zu essen gekriegt.
Als er nach einer Weile immer noch dastand, sagte Papa: »Sag ihm, daß wir uns über seine Bekanntschaft freuen.«

Der Alte nickte und fing an zu reden. Er nickte nochmals, als Papa ihm eine von seinen Zigaretten anbot.
»Was erzählt er denn?« wollte Mama wissen.
»Alles mögliche«, sagte Arti, »zum Beispiel, daß er von Señor March abstammt.«
»Von Juan March?« Mama war ganz Ohr, und ich hatte den Namen auch schon gehört.
»Und wer ist Juan March?« wollte ich wissen. Aber keiner hörte mir zu, alles schaute El Gordo aufs Maul, wo man drei gelbe Zähne sehen konnte, ehrlich, mehr nicht, lang und gelb wie die Zähne eines alten Pferdes.
Später habe ich dann doch noch einiges über diesen Juan March erfahren, von dem hier alle reden. Daß er als armer Hirtenjunge geboren wurde und als der reichste Mann von Spanien gestorben ist. Dazwischen verbrachte er sein Leben mit Schmuggelei und kaufte den Bauern auf der Insel für wenig Geld die Felder ab, eins nach dem anderen, am Ende gehörte ihm fast die ganze Insel. Mir wurde einiges klar. El Gordo ist also mit dem Schmugglerkönig verwandt, dachte ich. Und El Gordo war es auch gewesen, der da hinter den Kaktusbäumen gelauert hatte, da war ich mir jetzt sicher. Genau an der Stelle, wo ich auch die verdächtigen Indizien fand. Plötzlich sah ich den alten Mann mit anderen Augen. Ob Mama und Papa wirklich auf sein Gerede reinfielen? Der wollte uns doch nur ausspionieren. Vielleicht wollte er wissen, ob man das Kakteenversteck weiterhin als Unterschlupf benutzen konnte oder nicht. Und ausgerechnet hier wurde unser Haus gebaut, mitten in diesem Schmugglernest! Mama und Papa müssen gewarnt werden, dachte ich.

Arti war da schon schlauer. »Alles sollte man nicht glauben, was er so erzählt«, sagte er leise zu Papa. »Jetzt, wo er getrunken hat, kommt er ins Phantasieren.«
»Hat er nicht eben Hund gesagt?« Mama machte ein angestrengtes Gesicht.
»Ganz richtig«, sagte Arti. »Euer Nachbar behauptet, ein wilder Hund gehe hier um, der habe seine Herde überfallen und ein Schaf gerissen.«
»Das ist ja schrecklich«, rief Mama aus.
»Wenn es stimmt«, meinte Arti, »wenn er die Geschichte nicht erfunden hat.«
»Warum sollte er sie erfinden?« Papa sah El Gordo fragend an, der machte listige Fuchsaugen. Papa hatte wirklich keine Ahnung, er war nur mit Bauen beschäftigt und mit dem Zusammenrechnen von langen Zahlenreihen. Der Alte wollte uns mit seinem wilden Hund doch nur Angst einjagen, weil er weiter ungestört seinen Geschäften hier nachgehen wollte, genau wie dieser Juan March. Ich würde die Augen schon offenhalten, darauf konnte dieser El Gordo sich verlassen.
Endlich verabschiedete er sich und humpelte über den Acker davon. Mama begann die Picknickreste einzusammeln und in dem großen Korb zu verstauen. Das sah ganz nach Aufbruch aus.

Vor der Kirche von Muca und auch bei uns im Dorf standen die Leute mit großen Palmwedeln in der Hand. Damit winkten sie vorbeifahrenden Autos zu. Ich sah Miguel und Costavo aus meiner Klasse, wie sie einander um die Pinienstämme jagten. Mit langen weißen Kerzen und in schwarzen Sonntagsanzügen mit zu kurzen Hosenbeinen. Ich schaute mir die Augen nach Juan Garcia aus, aber er war nirgends zu entdecken. Als wir hinter der Autowerkstatt um die Kurve bogen, konnte man das Fähnchen sehen, das vor Eileens Haus wehte. Es war blau, und Mama meinte, das habe etwas Bestimmtes zu bedeuten. Sindbad kam uns bis auf die Straße entgegengesprungen. Er war ganz aufgeregt. Warum, war leicht zu verstehen. Eileen stand in ihrem großen blauen Mariakleid vor der Haustür und trug ein knallrotes Osterei in ihren Armen. Beim Näherkommen sah man, daß das Osterei Arme und Beine hatte.

Mama umarmte Eileen, und Papa lachte. »Was hat dir der Osterhase denn Schönes gebracht?« fragte er.

»Der Osterhase war das nicht«, antwortete Eileen, »eher der Vollmond! Leider keine Prinzessin, sondern einen Prinzen!«

»Igitt«, sagte ich, »so rot, geht das wieder weg?«

Ich betrachtete ihn genau. Wie ein Prinz sah er wahrhaftig nicht aus, so fleckig und verquollen, wie er war. Ob er auch wirklich lebendig war? Die Augen fest zusammengekniffen, so lag er stumm an Eileens großem Busen, die winzigen Puppenhände zu Fäusten geballt. Aber dann fiel mir ein, daß Tarzan so ähnlich ausgesehen hatte, am Anfang, als Mama ihm noch die Brust gab, aber so häßlich und voller roter Flecken war Tarzan doch nicht gewesen. Eileen tat mir ein bißchen leid, auch weil er keine Haare hatte.

»Tartan Lisbeth haben«, sagte mein Bruder und grapschte nach dem roten Prinzen. Lisbeth ist eine Puppe von mir, und Tarzan hat ihr nacheinander ihre schönen blonden Haare

ausgerissen, daß sie nun wirklich fast so kahlköpfig ist wie der rote Prinz.
»Das ist keine Lisbeth, Tarzan, sondern ein kleiner Junge wie du, siehst du, jetzt macht er die Augen auf.«
Tarzan war schockiert, ich auch. Der kleine Prinz hatte ein blaues und ein braunes Auge. Die arme Eileen tat mir wirklich leid. Was sollte sie bloß mit ihm anfangen? Aber Eileen schien nichts dabei zu finden. Sie lachte sogar so froh, als hätte sie in der Lotterie gewonnen.
»Er sieht dem spanischen König ähnlich, ich würde ihn Juan nennen«, sagte Papa.
»Juan Garcia«, sagte ich.
»Wenn es eine Prinzessin geworden wäre, hätte ich sie Maria Felicitas genannt«, sagte Eileen nachdenklich.
»Wie wär's denn mit Felix?« steuerte Papa bei.
»Warum nennst du ihn nicht Pascual?« fragte Mama. »Es ist doch Ostern, Pascua.«
»Pascual klingt gut«, sagte Eileen. »Felix Pascual.« Sie ließ die Worte langsam im Mund zergehen wie ein Stück Coco-Menorquina. »Felix Pascual – glückliche Ostern!«
Dann ging Eileen Schampus holen, und Mama versprach, ihr am anderen Tag mit Felix Pascual zu helfen. Es wurde ein richtig toller Abend. Eileens Freundin Ana kam noch, und alle waren gut gelaunt und stießen so oft ihre Gläser aneinander wegen dem roten Osterei namens »Glückliche Ostern«, bis sie selbst fast ebenso rot waren. Denn von Schampus bekommt man rote Backen, besonders wenn man schon den ersten Sonnenbrand des Jahres hat.

Wir paßten oft auf den kleinen Prinzen auf. Immer wenn Eileen ins Restaurant arbeiten ging und ihre Freundin Ana nicht kommen konnte, brachte sie Felix zu uns, in einem blauen Körbchen mit vier dicken Kordeln dran, an denen man den Korb aufhängen und hin und her schockeln konnte, damit das Baby schneller einschlief. Ich und Tarzan stritten darum, wer ihn schockeln oder auf dem Arm herumschleppen durfte. Wenn Tarzan ihn nahm, quetschte er den kleinen Prinzen so, daß der Grimassen zog und wieder so rot wurde wie am Ostersonntag. Felix wollte viel lieber zu mir, das sah jeder, aber wenn ich ihn Tarzan dann wegnahm, paßte ihm das meistens auch nicht, und er kreischte so laut, daß Mama kam und ihn zu sich holte.

Am liebsten schaukelte er im Korb unter dem Dach, wo Papa einen dicken Haken in das Bettnässerhaus geschlagen hatte. Der Korb sah ein bißchen aus wie das blaue Schiff, das einmal Eileen gehört hatte. Felix Pascual schaukelte auf der Terrasse und streckte seine dicken Fingerchen nach den blauen Blüten der Winden aus, die um die Pfeiler wucherten. Er hatte immer noch ein blaues und ein braunes Auge, und Eileen behauptete, daß aus ihm einmal ein Künstler werden würde, weil er anders in die Welt blicke als andere Menschen.

Einmal, als Margarita nach der Schule mit zu uns nach Hause kam und Mama mit Tarzan zum Zahnarzt fuhr, durften wir ganz allein auf den kleinen Prinzen aufpassen.

»Laßt ihn in Ruhe und nehmt ihn nicht aus der Schaukel«, hatte Mama befohlen.
Es gab jetzt wieder viele Fliegen, weil die Sonne auf den vollen Pozonegro schien, der mit seinem Gestank die Fliegen anzog. Eileen hatte ein Moskitonetz zerschnitten und um das blaue Schaukelkörbchen gehängt, damit die Fliegen dem kleinen Prinzen nicht übers Gesicht liefen.
Wir hatten große Gläser mit Orangensaft vor uns stehen, und Margarita erzählte von Narciso Yepes, dem Papagei der Abuela. Ich hörte nur halb zu, weil ich für Felix einen Kranz aus gelben Margeriten und Windenblüten flocht.
Der Papagei sei wie ausgewechselt, seit die Abuela gestorben sei, erzählte Margarita. Er lache nicht mehr. Statt dessen rufe er den ganzen Tag: »Vamos a comer«, das heißt »gehen wir essen«. Wenn man ihm aber dann zu fressen gebe, rühre er kein Stück an. Er sei schon ganz dünn, und die Federn gingen ihm aus. Außerdem picke er sich selbst dauernd in die Brust, so daß er sich da schon ein blutiges Loch gehackt habe. »Mama sagt, Narciso Yepes ist lebensmüde und möchte der Großmutter nachfolgen.«
»Vielleicht solltet ihr ihm eine Papageienfrau kaufen«, schlug ich vor, aber eigentlich war mir der Papagei egal, weil er hinterlistig und böse war. Sollte der doch der Großmutter nachfolgen, wenn er unbedingt wollte.
Der Kranz war nun fast fertig gebunden, und ich wollte ihn dem Prinzen aufprobieren. Einmal kann man ihn schon herausheben, dachte ich. Nur zum Aufprobieren, dann lege ich ihn wieder ins Körbchen.
Es war gar nicht einfach, weil das Körbchen ziemlich hoch hing. Außerdem war Felix Pascual inzwischen schwerer

geworden. Ich mußte einen Stuhl hinschieben, und Margarita hielt ihn fest. Der kleine Prinz sah mich mit einem blauen und einem braunen Auge an. Bis jetzt war er still gewesen, aber nun fing er an zu brabbeln und richtige Sprechblasen vor seinem Mund zu formen. Ich verlor fast das Gleichgewicht, als ich ihn auf den Arm nahm. Margarita mußte ihm den Kranz aufsetzen, und Felix rollte aufgeregt mit den Augen. Er sah richtig gut aus mit dem Kranz, fast wie der Jesusknabe in der Kirche von Muca. Damit er sich auch selbst sehen konnte, trug ich ihn in die Portassa und zeigte ihm in dem alten, zersprungenen Spiegel, der da hängt, sein Spiegelbild. Doch als er das sah, fing er plötzlich an, die Mundwinkel herunterzuziehen und zu heulen.

»Los, leg ihn wieder ins Bett!« sagte Margarita.

Aber als er wieder in seinem Körbchen lag, hörte er nicht auf zu kreischen. Ich gab ihm die Rassel, aber er kreischte weiter. Ich gab ihm den Duzel, aber er spuckte ihn aus und kreischte.

»Wahrscheinlich will er trinken«, meinte Margarita.

In der Küche stand noch eine halbe Flasche Milch, und als ich ging, um sie zu holen, sah ich Twiggy über den Küchentisch tanzen. Trinken wollte der kleine Prinz aber auch nicht, schreien wollte er.

»Ob er sich naß gemacht hat?« fragte ich Margarita. Tarzan hatte früher auch geschrien, wenn er sich in die Hose gemacht hatte.

»Du mußt den Duzel in süßen Wein tauchen, dann wird er gleich ruhig«, sagte Margarita.

Süßen Wein? So etwas hatten wir nicht. Felix Pascual

kreischte und kreischte. Ich bekam eine Wut auf ihn. Jetzt hatte ich ihm doch einen Kranz gemacht, und er kreischte nur.

»Babys muß man umhertragen«, meinte Margarita, »das hilft meistens.«

Also zerrte ich die Nervensäge wieder unter dem Moskitonetz hervor und trug ihn umher. Über die Terrasse, zum Eingang hin, unter den Feigenbaum, in den Hof, zum alten Schafstall.

»Siehst du, hier wohnen Ratman und Ratwoman«, zeigte ich dem kleinen Prinzen, »und da auf der Mauer sitzen nachts die Mauerwächter.«

»Ob er dich schon versteht?« fragte Margarita.

Felix Pascual sah aus, als täte er es. Jedenfalls wurden seine Töne leiser.

»Vielleicht sind Babys mit einem blauen und einem braunen Auge klüger als andere Babys«, sagte ich.

Der kleine Prinz sah mich ernst an.

»Wenn er bloß nicht so schwer wäre! Ich glaube, jetzt, wo er ruhig ist, kann man ihn wieder ins Körbchen legen.«

Denkste! Kaum war ich auf den Terrassenstuhl gestiegen, ahnte der kluge Prinz Schreckliches und begann von neuem zu brüllen. So mußte ich ihn wieder umhertragen. Ich zeigte ihm Löwi, der im Stroh hinter dem Schafstall lag und sich putzte, und dann marschierten wir in die Küche und warteten so lange, bis Twiggy hinter dem Küchenschrank hervorspitzte. Der kleine Prinz war unersättlich. Er wollte einfach alles sehen. Papas und Mamas Schlafzimmer, wo die Betten nicht gemacht waren, das Bad mit der kaputten Dusche und den sprechenden Wasserleitungen, Tarzans und mein Zimmer, wo die Zimmerdecke schwarz getüpfelt von Fliegen war, und das dunkle Zimmer hinter der Portassa, wo Oma und Opa zu Weihnachten keine Luft bekommen hatten.

Er sah sich alles genau an, und als ich nichts mehr zu zeigen hatte, erzählte ich ihm noch die Geschichte vom blauen Schiff, das eines Tages die Straße hinuntergeschwommen war.

»Auf dem Schiff fuhr eine schwarze Katze«, erzählte ich, »die in Wirklichkeit der verbannte Kapitän war. Und ein weißes Pferd, das er zufällig unterwegs kennengelernt hatte und das in Wahrheit eine von ihrer Abuela verfluchte Prinzessin war ...«

Ich glaube, Margarita war ein bißchen beleidigt, weil wir eigentlich vorgehabt hatten zu spielen. »Ich muß gleich nach Hause«, sagte sie.

Trotzdem, ich konnte jetzt nicht aufhören zu erzählen. »Als das Schiff an der Finca von Colmado Rigo vorbeikam, stand da noch ein Esel namens Carlo. ›Könnte ich vielleicht eine Schiffspassage nach Australien bekommen?‹ fragte der Esel, dem die Arbeit bei Colmado Rigo zuviel wurde. ›Ich habe gehört, in Australien leben die Tiere noch wild.‹«

Das blaue Auge fiel zuerst zu, das habe ich genau gesehen. Dann klappte das braune Auge zu. Der kleine Prinz war endlich eingeschlafen.

In dem Augenblick hörte ich Mama mit dem Auto kommen. Gott sei Dank!

Dieser Prinz hatte es fertiggebracht, daß ich fix und foxi war.

»Soll ich dir mal was zeigen?«

Juan Garcia hatte vor der Schule auf mich gewartet. Er tat geheimnisvoll. Vielleicht hatte es wieder mit den Talaiots zu tun, über die Señorita Malesina heute gesprochen hatte.

»Ist es weit von hier, was du mir zeigen willst?« fragte ich.

»Nein, gar nicht, es ist da drüben in der Kirche. Dort hält der Schulbus auch, außerdem dauert es nicht lange.«

»Meinetwegen.«

»Willst du immer noch Fallschirmspringerin werden?« fragte er im Laufen.

»Vielleicht. Oder Zoodirektorin. Oder Perlentaucherin.«

»Ich habe gesehen, wie du dem Rosa Jaime zugelächelt hast«, sagte er.

»So? Das glaube ich nicht.«

»Doch, doch! Gewiß! Aber du mußt wissen: Er ist ein richtiger Feigling. Er macht auch nicht mit beim Schwimmwettbewerb auf der Fiesta des Sant' Juan. Er schwimmt wie eine Bleiente.« Juan Garcia lachte über seinen Vergleich.

Meinetwegen sollte der Rosa Jaime doch schwimmen, wie er wollte!

»Du kommst doch? Es ist am nächsten Sonntag.«

Auf der Kirchentreppe lagen weiße und gelbe Margeritenköpfe.

»Das große Tor ist verschlossen, aber ich weiß, wie man trotzdem hineinkommt.«

Und wenn man uns ertappte?

Er schlüpfte unter den schwarzen Zypressen hindurch. Am Ende des Brunnenhofes kamen wir an eine schmale, tiefer liegende Tür. Juan Garcia sah sich nach allen Seiten um und drückte die Klinke. Sie gab gleich nach.

»Ich helfe unserem Herrn Pfarrer bei der Messe«, flüsterte Juan Garcia, »deswegen weiß ich, wie man hier hineinkommt.«

Hoffentlich wurden wir nicht entdeckt.

Wenn man vom Hellen hineinkam, war drinnen Nacht. Ich stieß mich an einer Kirchenbank. Es roch wie in dem Sterbezimmer der Abuela Vidal.

»Hinter mir her!« befahl Juan Garcia.

Irgendwo in der Kirche mußte noch jemand sein, denn ab und zu hallte ein Schritt, wischelte ein Fuß, rauschte ein Vorhang. In den finsteren Ecken des Kirchenraumes flackerten meterhohe rote Kerzen, nur an einer Stelle im Seitenschiff war ein Viereck mild erhellt. Darauf steuerte Juan Garcia zu.

Das helle Viereck ruhte auf einem Marmorsockel und war ein Glaskasten, in dem kleine weiße Kerzen brannten. Ein Mann lag da, ein Toter, schon länger tot als die Abuela, mit Haut wie aus Papier und einem Gewand, wie Pfarrer es manchmal tragen, und mit Haaren wie Stahlwolle. Ein scheußlicher Mann. Aus seiner Brust ragte ein Pfeil.

Juan Garcias dunkle Augen musterten mich neugierig. Er wollte mich mit Sicherheit testen. Wie mutig ich wäre oder so. Angst hatte ich keine, wenn er das meinte. Wieso sollte ich denn Angst haben? Der lag doch fest in einem Glaskasten.

»Siehst du das da?« flüsterte Juan Garcia und deutete mit

dem Zeigefinger auf das Loch, in dem der Pfeil steckte. Ich sah, daß das Gewand an der Stelle schwarzrot verfleckt war. Das Kerzenlicht glänzte auf den Farbflecken.
»Es ist Blut«, sagte Juan Garcia, »und ein Wunder vom Himmel, hat der Herr Pfarrer gesagt. Weil das Blut einmal im Jahr fließt, obwohl doch der heilige Sebastian schon dreihundert Jahre tot ist.«
Ich wußte nur, daß ich hinauswollte. »So etwas haben wir in Deutschland auch«, sagte ich zu Juan Garcia, »das ist doch nichts Besonderes. Und außerdem muß ich jetzt gehen.«
Glücklicherweise entdeckte uns niemand, als wir durch den Geheimausgang wieder ins Freie schlüpften. Ich war froh, draußen zu sein.
»Du bist ein prima Mädchen«, sagte Juan Garcia. »Mit unseren Mädchen könnte man so was nicht machen, die würden sich glatt in die Hose pinkeln.«
Wenn er wüßte, wie es mich gegruselt hatte! Davon sagte ich aber kein Wort. Gerade sah ich meinen Bus um die Ecke biegen. Als ich losrennen wollte, hielt Juan mich an der Hand fest.
»Wirst du am Sonntag nach Cala Muca kommen?« wollte er wissen. »Versprich es!«
Ich wollte schon gern, wenn Papa mich hinfahren würde.

Auf der Fiesta des Sant' Juan

Mama machte jetzt gute Geschäfte, obwohl sie nur von fünf bis zehn Uhr in ihrem Laden arbeitete. Schon zweimal hatte Papa eine Ladung aus dem Lager des Bettnässerhauses nach Cala Muca fahren müssen: Tischdecken und alte Blusen, Gläser und Uniformen und Regenschirme von früher. Manchmal hatte Mama sogar schon etwas verdient, wenn sie nachmittags anfing zu arbeiten, weil Lolli es für sie verkauft hatte. Papa machte jetzt nicht mehr so ein sorgenvolles Gesicht, aber er rechnete jeden Abend mehrere Seiten voll: wie viele Balken er für das Dach brauchen würde und wie viele Kacheln für unser Bad. Und er überlegte, ob er die Terrasse zwei oder drei Meter breit machen sollte.

Unsere Palme raschelte trocken im Wind, aber in der Mitte, zwischen all den vertrockneten Wedeln, spitzte seit ein paar Tagen ein frisches grünes Blatt hervor.

Wenn es so weiterging, würden wir schon im Herbst in unser Schloß ziehen, auch wenn dann noch nicht alles ganz fertig wäre. Papa hatte einen Brief an unseren Hausvermieter geschrieben, daß der Pozonegro bald überlaufen und alles unter sich begraben würde. Außerdem gäbe es mehr Fliegen als Sandkörner um das Bettnässerhaus. Der Vermieter hatte nicht geantwortet. Aber was machte das schon, wenn wir bald in unser Schloß ziehen würden?

Meine gute Laune kam nicht nur daher. Am Sonntag war das Fest des Sant' Juan, und Papa hatte versprochen, mit mir und Tarzan hinzufahren. Mama hatte keine Lust

mitzukommen. Lieber wollte sie mit Eileen und dem kleinen Prinzen auf der Terrasse sitzen und sich die Haare frisch färben. Sie sagte, daß sie froh sei, uns für ein paar Stunden los zu sein.
An der Telefonzelle auf der Plaza und am Schaufenster der Bar Mercado klebten Plakate, auf denen waren Schiffe aufgedruckt und Fische und Seepferdchen und in großen, wirren Buchstaben das Wort *Fiesta.* Schon seit Tagen redete man überall von dem Ereignis. Margarita und Cristina hatten versprochen zu kommen, zusammen mit einem Vetter aus Manaflor, der schon älter war und einen Führerschein hatte. Arti wollte dasein und Janine und Tibo auch.
Die enge, steile Straße, an der Mamas Laden lag, wurde von einem Polizisten mit einer toten Krähe auf dem Kopf gesperrt, und Papa mußte drehen und hinter den Pinien nach einem Parkplatz suchen. Aber das war gar nicht so einfach, denn viele Leute waren gekommen, von Manaflor und weiter, und suchten wie wir einen Schattenplatz für ihr Auto. Papa nahm Tarzan auf seine Schultern, und wir gingen zusammen mit vielen anderen Menschen die steile Straße hinab zum Hafen.
»Wenn man das gewußt hätte«, sagte Papa, »daß heute so viele Menschen hiersein würden!« Er schnalzte mit der Zunge. »Mama hätte gewiß ein Riesengeschäft gemacht.«
»Dann wären wir heute reich geworden«, sagte ich.
»Ein paar Säulen für unseren Patio hätten wir vielleicht verdient«, meinte Papa.
Im Hafen herrschte Gedränge. Touris mit knallbunten

T-Shirts und weißen Shorts standen überall herum und fotografierten. Sie riefen: »Erwin, setz dich mal vor das rote Segel« und »Blende acht mit Gelbfilter« oder »How lovely, how lovely!« Aber auch viele »Holas« waren ringsum zu hören.
Etwas aufgeregt war ich schon. Wo steckte Juan Garcia? Ich schaute mir die Augen nach ihm aus, konnte ihn aber nirgends entdecken. Dafür Janine, die mit einem Mann verliebt tat, den ich noch nie gesehen hatte, und Tibo, der inzwischen eine Streberbrille auf der Nase trug. Und unten an der Mole kommandierte der Hafenmeister Tio Pepe ein paar Fischer herum.
Auf den großen Fischerkuttern herrschte Hochbetrieb. Leinen wurden aufgezogen und mit künstlichen Blumen behängt. Die Leute auf Deck hatten sich verkleidet, als Piraten die einen, die ihre Schiffswände mit Totenköpfen bemalt hatten, andere trugen Kostüme mit Fischschuppen. Ein kleines Schiff fuhr als Biene Maja. Manche Schiffe waren fix und fertig geschmückt, und ihre Besatzungen prosteten sich mit vollen Flaschen zu, andere schnippelten noch mit langen Scheren an bunten Kreppapierbildern herum. Natürlich hatten die Schiffe Namen, und jedes trug eine Nummer. Wir drückten uns durch die Menschenmenge, an den kleinen Fischerhäusern vorbei bis ans Ende des Hafens, wo das Meer nur noch sanft ans Ufer schwabbelt. Aber Juan Garcia war nicht da, und auch Margarita sah ich nirgends.
»Wo ist denn nun dein Freund?« wollte Papa wissen.
Vielleicht hatte Juan Garcia bloß angegeben, das tat er ja die ganze Zeit. Das mit dem Wettkampf mußte ja nicht

unbedingt stimmen, oder? Ich fand es auch ohne Juan Garcia schön. Wie die vielen Schiffe und kleinen Boote auf dem dunklen Wasser tanzten, bunt wie Ostereier. Wie sie jetzt loszogen, nachdem der Hafenmeister durch eine Flüstertüte den Start bekanntgegeben hatte. Wie die Menschen sich lachend und winkend an den Kais und auf den Stegen drängten, um besser sehen zu können. Die Schiffe fuhren jetzt aus dem Hafen, eines nach dem anderen. Bis zum Leuchtturm, nicht weiter, und von dort aus wieder zurück. Dann würde eine Jury das schönste prämieren, hatte Juan Garcia erzählt.

Ich wüßte nicht, welches ich prämieren sollte. Vielleicht das Seeungeheuerschiff mit den Fischmenschen? Oder die Biene Maja?

Papa zeigte auf ein Schiff, um das eine Riesenschleife gebunden war, so daß es aussah wie ein schwimmendes Osterei. »Ist er das nicht?«

Auf Deck lief ein Junge hin und her, der von weitem Juan Garcia ähnlich sah, mit dunkler Haut und einer neongrünen Badehose. So ausgezogen hatte ich Juan noch nie gesehen, aber ich glaubte schon, daß er es war. Das Ostereischiff bog gerade um die Mole. Ab jetzt würde ich nach grünen Badehosen Ausschau halten.

Musik war zu hören, lustige und traurige, die kam von der Mole, wo man eine Plattform zum Tanzen aufgebaut hatte.

»Endlich haben wir dich!«

Das war Margaritas Stimme. Ihr weißes Kleid leuchtete in der Sonne, und an ihren schwarzen Pferdeschwanz hatte sie Geranien gesteckt. Sie sah wieder aus wie Schneewitt-

chen, nur ihre Orangen-Menorquina, die in der Hitze schnell zerschmolz, paßte nicht ganz dazu.

»Willst du mal?« Sie hielt mir die Menorquina hin. Ich spürte, daß sie ebenso aufgeregt war wie ich.

»Wir müssen hinüber auf die andere Seite.« Margarita wies über die Bucht, wo auf halber Höhe ein Weg um die Klippen führte. Dort hatten sich schon einige Leute aufgestellt. »Gleich geht das Wettschwimmen los.« Sie zeigte auf das große rote Schiff an der Mole. »Dort ist der Start, und von da drüben sieht man die Schwimmer am besten.«

Gerade fuhr ein schön geschwungenes Schiff, auf dem sich ein Papierdrachen bäumte, an uns vorüber. Es war das letzte in der Kette. Die ersten Schiffe waren schon weit draußen vor der Bucht angelangt.

»Da ist Cristina!« rief Margarita und zeigte auf das Drachenboot. »Eigentlich hätten wir auch mitfahren können, aber ich habe dich nirgends gesehen.«

Die ersten Schiffe wendeten am Leuchtturm.

»Jetzt müssen wir aber los«, drängte Margarita.

Ich sah Papa an.

»Wir bleiben lieber hier«, meinte er, »aber ihr beiden könnt ruhig auf den Felsen klettern. Nur nicht runterfallen, wenn's geht!«

Ich stürmte hinter Margarita her. Ein paar Minuten brauchte man schon, bis man auf der Felsenzunge angelangt war. Außer Atem liefen wir die letzten Meter bergauf. Margarita hatte wahrhaftig nicht zuviel versprochen. Das Bild war überwältigend. Auf einen Blick konnte man alle zwanzig Fischerboote sehen, die wie bunte

Blumensträuße auf dem Wasser schwammen. Und den ganzen Hafen mit der Fischhalle und den kleinen rosa und blauen Fischerhäusern. Die vielen Besucher wabbelten als bunte Masse durch die schmalen Gassen rund um das Hafenbecken, und wenn der Wind wollte, wehten Musikfetzen zu uns herüber.
Und da war die Stimme des Ansagers mit der Flüstertüte, den man klein wie eine Ameise an Deck des roten Schiffes erkennen konnte. Jetzt sah ich, daß außerdem viele schmale Gestalten in Badehosen sich da aufgereiht hatten. Ich spazierte mit den Augen die Reihe entlang, bis ich die neongrüne Badehose entdeckte. Nicht weit davon konnte ich auch Tarzan über Papas Kopf erkennen.
»Achtung! Gleich geht es los«, sagte Margarita und packte mich am Arm.
»Bist du aufgeregt?« fragte ich.
»Ein bißchen schon«, sagte sie.
»Und warum?« wollte ich wissen.
»Ach, nur so«, sagte Margarita, »weil einer dabei ist, mit dem ich vielleicht gehe.«
Jetzt war ich auch aufgeregt. Meinte sie Juan Garcia?
»Siehst du den mit den gelben Tupfen?« fragte Margarita, und mir plumpste ein Stein vom Herzen. Wieso eigentlich, wunderte ich mich. Und wenn es Juan Garcia gewesen wäre? Wo Margarita doch meine Freundin war?
Das letzte Schiff fuhr um den Felsen herum und geriet außer Sicht. Da dröhnte die Stimme des Ansagers durchs Megaphon.
»Jetzt!« rief Margarita.
Ich sah, wie jemand eine Ente über die Brüstung des roten

Schiffes warf, einen grünblauen Vogel, der mit Flügelschlagen und Geschnatter in die Tiefe segelte. Da schwamm sie nun im Meer und wurde von den Wellen auf und nieder getragen. Und jetzt! Alle Badehosen hechteten zur gleichen Zeit von der Reling in die Fluten, daß das Wasser weiß aufgischtete. Dann begannen die Burschen wild draufloszuschwimmen.

»Was machen sie denn? Wo schwimmen sie hin?«

Die Menschen am Ufer ermunterten die Schwimmer durch laute Schreie. »Carlos!« hörte ich und: »Esteban!«

»Filipe!« schrie Margarita. »Filipe!«

»Juan Garcia« hörte ich niemand rufen. Da rief ich. »Juan Garcia!« Obwohl man von so weit weg gar nicht mehr erkennen konnte, wer eigentlich wer war.

Die Strömung trug die Ente direkt auf unseren Felsen zu.

»Sie fangen ja die Ente!« rief ich. »Warum tun sie das?«

Die ersten Schwimmer waren nur noch ein paar Meter von dem Tier entfernt.

»Die Ente müssen sie doch fangen«, erklärte Margarita. »Wer die Ente fängt und beim Hafenmeister abliefert, der ist Sieger und kriegt die Trophäe.«

Ich war enttäuscht. Daß die Ente gefangen wurde, wollte ich nicht. Dieser Sant' Juan mußte ja ein Idiot sein, wenn er so was zuließ. Ich möchte, daß die Ente entwischt, wünschte ich mir ganz fest. Keiner soll sie bekommen.

»Warum fliegt sie nicht einfach davon?« fragte ich.

Margarita lachte. »Weil sie ihr die Flügel gestutzt haben«, sagte sie unbekümmert.

Margarita, meine Freundin, die sanft und weiß wie

Schneewittchen aussah – wie konnte sie nur so gefühllos sein? Wo sie doch sogar im Vogelschutzverein war! Ich wollte nicht mehr zusehen, wie die wilden Kerle sich über die arme Ente hermachten. Aber man konnte von hier oben ohnehin nichts mehr sehen, weil die Ente und einige Schwimmer nun unter die Felsen getaucht und den Blicken entschwunden waren.

»Ich habe keine Lust mehr«, sagte ich zu Margarita. Eben ging ein Aufschrei durch die Menschenmenge am Ufer.

»Jetzt hat einer sie erwischt!« rief Margarita.

Mein Wünschen hatte also nicht geholfen. Der ganze schöne Tag war verdorben. Wahrscheinlich würde sie jetzt geschlachtet werden.

»Lauf doch nicht so schnell!« rief Margarita hinter mir. Ich war böse auf sie, weil sie nicht einmal schlimm fand, was sie mit der Ente machten.

»Warte doch!«

Vorbei an den nun ankernden geschmückten Booten, wo Wein ausgeschenkt wurde und Landbesucher eingeladen wurden, Krapfen, Melonen und Ensaimadas zu probieren. Vorbei an den vielen lachenden Menschen mit glänzenden Gesichtern und den ersten Sonnenbränden.

Da! Der Sprecher meldete den Sieger durch die Flüstertüte. Die letzten Burschen schwammen nun nicht mehr kämpfend und spurtend auf das Schiff zu. Eine Strickleiter war aufgehängt, an der die ersten sich hochhangelten.

»Hast du's gehört? Eben wurde der Sieger ausgerufen!« rief Margarita hinter mir. »Es ist Juan Garcia!«

Das gab mir einen Schlag. Juan Garcia, auch das noch! Ob ich zu ihm gehen sollte? Aber wieso? Ich hatte eine Wut auf ihn. Außerdem warteten Papa und Tarzan. Nein! Ich würde so schnell nicht mehr mit ihm reden. Oder doch? Eigentlich sollte er meine Meinung hören. Daß ich seinen Mut verabscheute. Als wenn es eine Kunst wäre, ein armes Tier mit abgeschnittenen Flügelspitzen zu fangen.

Das Megaphon dröhnte, und die Menge klatschte Beifall. Hatten sie nicht gerade meinen Namen gerufen? Unsinn.

»Liane aqui, Liane aqui!« hörte ich.

Margarita und ich sahen uns an.

»Dein Name, du sollst zum Start kommen«, sagte Margarita.

»Papa, Papa, hast du's auch gehört?«

»Ja, deinen Namen durchs Megaphon. Sicher will dein Freund, daß du kommst. Geh doch hin, ich warte mit Tarzan hier auf dich!«

Egal, auch wenn ich aufgeregt war. Klar würde ich hingehen. Dem würde ich was erzählen! Das sollten ruhig alle Leute hören: daß ich auf seinen Mut pfiff. Und ob er vielleicht schon mal was von Tierschutz gehört hätte. Und daß dieser Sant' Juan mir für immer gestohlen bleiben konnte. Zusammen mit dem heiligen Sebastián im Glaskasten. Lauter solche Dinge! Es kochte in mir.

Die Leute machten eine Gasse. Jetzt war ich froh, daß Margarita bei mir war. Die vielen fremden Menschen ringsum. Ich merkte, wie ich mutlos wurde.

Da stand der Mann mit dem Megaphon, und daneben stand Juan Garcia. Er hatte ein dunkelgrünes, klatschnasses Handtuch um die Schultern, und auch die neongrüne Badehose hing klatschnaß und faltig an seinem dünnen

Körper. Die Haare klebten ihm an den Wangen, und ich sah seine Zähne aufeinanderschlagen. In den Armen hielt er die blaugrün schillernde Ente. Jemand machte ein Foto. Ich spürte den Blitz von der Seite.

»Das ist sie!« sagte jemand.

Jetzt hätte ich sprechen müssen, los, sag es ihm! Aber meine Zunge klebte am Gaumen, und mir war ganz weich in den Kniekehlen. Nicht mal weglaufen konnte ich in dem Moment.

Juan Garcia streckte mir die Ente entgegen. Einfach so hin! Sie war ganz lebendig. Nicht einmal besonders aufgeregt sah sie aus.
»Willst du sie? Ich schenke sie dir!«
Nimm sie, baten seine ernsten Augen.
Die Leute ringsum klatschten in die Hände, aber ich sah sie nicht. Ich sah nur, daß er fror. Und die Ente. Plötzlich hatte ich sie in den Armen. Sie fühlte sich weich und glatt an, aber anders als Löwi. Und anders als der kleine Prinz. Sie kuschelte sich an meine Brust, und ihr Herz klopfte in meinen Händen.
»Danke!« sagte ich und ohne, daß ich es wollte: »Du warst großartig!«
»Bis später«, sagte Juan Garcia, »jetzt muß ich mich erst umziehen.«
Langsam ging ich durch die Menschengasse zurück. Die Leute lachten. Sie schlugen mir auf die Schultern und riefen mir Worte zu. Ich verstand nicht, was sie sagten, aber mir war sehr warm und kuschelig im Bauch.
Die Ente schnatterte leise vor sich hin. »Vielen Dank«, sagte sie, »gut, daß du gekommen bist!«
Schade, daß Mama nicht da war.
Wir würden der Ente einen Teich machen, hinten im Schloßpark unter dem Johannisbrotbaum. Sie würde auch am Brunnen sitzen. Und ihre Flügel würden vielleicht wieder nachwachsen.
Ich ging durch die Menschengasse hindurch bis zu Papa und Tarzan. Sie machten beide erwartungsvolle Gesichter.

Ente gut – alles gut

»Ach Gott, schon wieder ein neues Tier!« sagte Mama, als wir nach Hause kamen.
Ich setzte die Ente in der Scheune ab, und sie machte ein paar Schritte bis unter die Speichenräder des alten Wagens. Dort blieb sie dann bis zum Abend sitzen. Sie wirkte ein wenig eingeschüchtert, obwohl wir doch Piepmann an einer dicken Strippe festgebunden hatten. Auch Tarzan hatte ich verboten, in die Nähe meiner Ente zu gehen, denn er hatte schon versucht, ihr Federn aus dem Schwanz zu rupfen. Ich überlegte, was eine Ente so braucht.
»Vor allen Dingen braucht eine Ente viel Wasser«, behauptete Papa. Aber weil es halb sieben war, als er das sagte, gab es in ganz Cascada kein Wasser. Das war nichts Neues, es passierte fast jeden Tag. Nur gerade heute fand ich das nicht gut.
Irgendwie war meiner Ente die Fiesta nicht bekommen. Ob es wegen der gestutzten Flügel war? Oder hatte sie tatsächlich jemand betäubt, wie Mama vermutete? Auch als nach sieben wieder Wasser aus dem singenden Badezimmerwasserhahn tröpfelte und wir die grüne Wäschewanne gefüllt in den Scheuneneingang stellten, wich die Ente keinen Schritt von ihrem Platz, und ich konnte in Ruhe ihre schönen gelbgefärbten Schwimmfüße betrachten. Ob man mit solchen Füßen etwa nicht laufen konnte?
Es ist nicht einfach mit so einer Ente. Schließlich brauchte

sie ja einen Platz zum Schlafen, wahrscheinlich eine Art Nest, aber so etwas gab es bei uns nicht. Vielleicht reichte eine Kiste. Und fressen müßte sie ja auch etwas. Mama schnitzelte die allerzartesten Salatblätter klein, die wir hatten, und mischte noch feingeraspelte Mohrrüben darunter. Und falls die Ente vielleicht doch lieber etwas Herzhaftes wünschte, streuten wir auf das Papptablett noch eine Handvoll Trockenfutter von Löwi und Puma. Aber die Ente würdigte das Menü keines Blickes, jedenfalls nicht, solange es hell war, und starrte weiter hartnäkkig geradeaus.
Später kam dann noch ein anderes Problem auf uns zu: nämlich Piepmann. Innerhalb einer Stunde hatte er still das Seil durchgekaut, an dem wir ihn festgemacht hatten. Über Nacht würden wir ihn in die Portassa sperren müssen, damit er die Ente draußen in Ruhe ließ. Oder lieber die Ente in die Portassa und Piepmann nach draußen? Niemand wußte so richtig, was eine Ente in einer Wohnung anrichten kann, von Piepmann war bekannt, daß er bis zum Morgen durchschläft.
Wir wußten ebensowenig, ob Enten sich mit Katzen vertragen. Und Ratman und Ratwoman? Daran wagte ich gar nicht erst zu denken. Natürlich kann man mit solchen ungelösten Problemen nicht gut einschlafen. Um so weniger, wenn außerdem noch ein unverschämter Moskito mit unter das Moskitonetz geschlüpft ist und einem nachts um die Nase herumsurrt.

Wir hatten alle schlecht geschlafen. Mir klebte noch der Sand in den Augen, aber mein erster Gang vor dem

Frühstück führte zur Ente. Sie stand genau am selben Platz wie gestern abend. Ich wußte nicht, was das bedeutete.
»Du paßt mir gut auf Piepmann auf!« befahl ich Mama. Zu blöd, daß ich zur Schule mußte. Papa wollte mich zum Bus bringen, und in der Ferreteria eine Hundekette kaufen.
»Ist sie überhaupt lebendig?« fragte Mama, die noch im Kimono war, und schaute sich mit mir zusammen die Ente an.
Ich hätte schwören können, daß sie gestern noch farbenprächtiger gewesen war, über Nacht schien sie um einiges blasser geworden zu sein. Von dem Menü hatte sie nichts angerührt.
»Eigentlich sieht sie aus wie ausgestopft«, sagte Mama respektlos.
»Wie soll sie ausgestopft sein, wenn sie gestern noch im Meer geschwommen ist?« erwiderte ich.
»Und wenn das auf der Fiesta eine andere Ente war und diese hier gegen sie ausgetauscht wurde?«
Mama hatte vielleicht eine Phantasie! Ich mußte aber trotzdem gehen, weil Papa hupte.
Mit Margarita, die ja die Ente so einigermaßen kannte, diskutierte ich dann über unsere Probleme, bis Señorita Malesina uns zur Ruhe ermahnte.
Juan Garcia war heute der Mittelpunkt. Wahrscheinlich wußten alle, daß er der Sieger der Fiesta war. Und die meisten wußten auch, daß er mir die Trophäe geschenkt hatte. Señorita Malesina hatte es wahrhaft schwer, eine ruhige Schulstunde herzustellen.

Margarita erbot sich, nach der Schule mit zu mir zu kommen, vielleicht fiele ihr etwas Kluges ein, meinte sie. Es brauchte ihr dann aber nichts Kluges einzufallen, weil Mama mittags schon die Lösung hatte.
»Mit einer Ente kann man zweierlei anfangen«, sagte sie und deutete auf das traurige Wesen in unserer Scheune, das immer noch wie ein Denkmal dastand. »Entweder man brät sie schön rösch durch, am besten mit Apfelfüllung, und verspeist sie mit Klößen und Rotkohl.«
»Pfui, Mama!« sagte ich.
»Oder man sucht ihr ein Männchen, weil Enten nur paarweise leben, und gibt sie dahin, wo schon andere Enten sind.«
Ich hatte keine Ahnung, ob Mama recht hatte. Aber Margarita nickte fast bei jedem Wort, das Mama sagte, und meinte, der Victor Garau habe auch nie eine Ente allein gehabt, immer viele.
»Für viele haben wir aber keinen Platz«, entgegnete Mama, und außerdem sei weder die Wasserfrage noch das Piepmann-Problem zufriedenstellend gelöst. Also, was folgte aus alldem? Wir sollten die Ente weggeben, am besten dahin, wo schon andere Enten waren. Das war Mamas Meinung.
»Ich weiß zufällig, wo es welche wild gibt«, sagte Margarita.
Die ganze Zeit über hatte ich auf den rosa Briefumschlag gestarrt, mit dem Mama herumwedelte. Und ich hatte mich nicht getäuscht: Es war wirklich und wahrhaftig ein Manuela-Brief. Endlich!

»Gib ihn her!« sagte ich, und Mama entschuldigte sich, daß sie ihn als Fächer mißbraucht hatte.
»Es wird Zeit, daß ich Dir antworte«, las ich, »weil wir nämlich im Sommer wahrscheinlich nach Paguera in die Ferien fahren. Vielleicht können wir uns dann treffen, weil Paguera auf Deiner Insel ist. Wir haben immer nach einem Floß auf dem Fluß ausgeschaut, ehrlich, der Joschi und ich. Einmal kam auch eins, aber es waren nur Baumstämme darauf. Ich habe eine ultramoderne Tauchausrüstung zu Weihnachten bekommen, jetzt kann ich mit Dir Muränen jagen. Die Mülltonnenmafia hat natürlich die Nase vorn, seit Du weg bist. Aber wir bekommen schon Verstärkung, weil in unser Haus eine Aussiedlerfamilie gezogen ist, die haben drei Kinder. Die müssen wir erst prüfen, aber ich glaube, sie sind nett. Zu meinem Geburtstag ist Papa mit mir zu den ›Einstürzenden Hochhäusern‹ gegangen, weil ich es mir gewünscht hatte. Wir saßen ganz vorn zwischen lauter Schwarzen, die auf die Bänke sprangen. Viele Frauen kreischten und wurden dann ohnmächtig. Papa sagte, dieses Konzert sei das Ende der Kultur, aber ich fand es echt ätzend. Jetzt soll ich Dich noch von Joschi grüßen. Der hat sich den Daumen beim Flippern verstaucht, deshalb kann er nicht schreiben. Papa hat jetzt endlich wieder eine Arbeit. Filip, unser Kanari, ist davongeflogen, und ich habe eine Gelfrisur. Es grüßt Dich Manuela. Schreib bald wieder.«
Margarita wurde ungeduldig und wollte wissen, wer mir so lang schreibt, und ich sagte, eine Freundin aus Deutschland. Ich glaube, das paßte ihr nicht.

Leicht war es nicht, die Stelle zu finden, die Margarita meinte. Zweimal waren wir schon in falsche Caminos eingebogen, und Papa hatte bei jedem Stein unter den Reifen eine Grimasse gezogen und »Meine Achse!« gerufen.

Heute war der erste heiße Tag in diesem Frühling, aber die Ente auf meinem Schoß fühlte sich kühl und glatt und wirklich wie ausgestopft an, das war schon komisch.

»Ja, hier ist es richtig!« rief Margarita plötzlich und zeigte auf ein schiefstehendes Holzschild, auf dem in krummen Buchstaben *No tirar basuras* stand, also: Keine Abfälle abladen. »Hier muß man das Auto stehenlassen und zu Fuß durch den Wald.«

Draußen wehte ein Wind, der nach See roch. Die roten Stämme der Pinien schlängelten sich über Felsen, alle Bäume wuchsen nach rechts. Und zwischen ihnen hindurch leuchtete das Meer helltürkis und ein Stück weißer Sand, von oben wie ein Halbmond anzusehen.

Plötzlich spürte ich, wie die Ente sich bewegte, das allererstemal seit gestern nachmittag. »Sie bewegt sich!« rief ich.

»Du mußt sie aber noch festhalten!« forderte Margarita.

»Ich würde sie loslassen«, meinte Papa.

»Siehst du, da sind schon die anderen.« Margarita zeigte auf ein Schilfwäldchen, vor dem sich zwei Enten auf der Sandbank sonnten.

»Ich dachte, Wildenten gehen nicht in Salzwasser«, wunderte sich Papa.

»Tun sie auch nicht«, sagte Margarita und streifte sich die

Sandalen von den Füßen. »Sie wohnen in der Lagune hinter dem Schilf, in der ist anderes Wasser als im Meer.«
Die beiden Enten, die wir bei ihrem Sonnenbad gestört hatten, verdrückten sich aufgeregt schnatternd ins raschelnde Schilf. Meine ausgestopfte Ente ruckelte und zuckte, plötzlich hatte sie ihre Stimme wieder und brachte ein leises, schüchternes »Quakquak« zustande. Da ließ ich sie los, und auf einmal konnte sie auch gehen. Schnurstracks watschelte sie auf das Schilfwäldchen zu. In der Sonne leuchtete ihr Gefieder wie blaue und grüne Seide. Ein bißchen traurig war ich eigentlich schon, daß sie nicht hatte bei mir bleiben wollen, weil sie doch der Siegerpreis der Fiesta und ein Geschenk von Juan Garcia war.
Papa warf sich auf den weißen Sand und grunzte laut vor Behagen. »Ah, hier bleibe ich, ah, hier bringt mich so schnell keiner weg«, sagte er und riß sich Hemd und Hose vom Leib. »Vielen Dank, liebe Ente, daß du uns an eine so schöne Stelle geführt hast!«
»Das war nicht die Ente, sondern Margarita«, sagte ich.
Geheimnisvoll raschelte das Schilf, und tatsächlich verbarg sich dahinter eine dunkle, leicht gekräuselte Wasserfläche, ganz so, wie Margarita es beschrieben hatte. Und noch etwas anderes …
»Mensch, Margarita!« rief ich. »Mensch, Margarita, sag mir, was du da siehst!«
»Ich? Wo? Meinst du das Boot da, das blaue?«
Ja, genau das meinte ich. Wie mir das Herz klopfte!

Auf dem Bug lagerten Enten, einige schliefen mit den Köpfen im Gefieder, andere tummelten sich darum herum im Wasser. Das Heck des Schiffes war halb unter Wasser gesunken. Eileens Schiff! Ich täuschte mich gewiß nicht.

Leider konnte man nicht näher heran, um es genauer zu prüfen. Unser Schmugglerschiff, bis hierher war es getrieben, fast bis ans Meer. Und der Kapitän, wo war der wohl gelandet? Ich konnte es kaum fassen. Wenn ich das heute abend Eileen erzählte! Nun brauchte es keine sechs afrikanischen Elefanten, um das Boot zum Meer zu ziehen.
»Meinst du, dein Onkel leiht uns seinen Esel?« fragte ich Margarita.
»Wofür brauchst du einen Esel?« Margarita dachte wohl, ich sei übergeschnappt.
»Damit wir das Schiff an Land ziehen können.«
»Ist das dein Ernst?« Margarita lachte. »Meinst du, daß ein halb untergegangenes Schiff noch seetauglich ist?«
»Warum nicht? Wenn es erst mal auf dem Trockenen liegt und jemand es uns repariert.«
»Hallo, ihr zwei Entenforscherinnen!« rief Papa. Er war schon bis zum Bauch im Wasser, und wir sahen ihn wie ein Nilpferd Schaum schlagen. »Wollt ihr nicht auch untertauchen und die Ente endlich in Ruhe lassen?«
Meine Ente! Welche von denen dort war eigentlich meine Ente? Alle sahen gleich aus, nein, doch nicht. Es gab braune und blaue, und meine Ente war mittendrin. Sie hatte eine Familie gefunden.
Plötzliche Freude kam über mich und an mich und in mich, und ich packte meine Freundin und zwang sie, mit mir den Jungfrauentanz zu tanzen.
»Liane, was soll das?« rief sie.
»Liane, was ist in dich gefahren?« protestierte sie.
»Liane, erklär mir das! Ist es wegen dem Schiff?«

Und wir fielen übereinander in den Sand und lachten. Wir wälzten uns im Sand wie die Seehunde.
»Leute aus dem Norden sind so verrückt, das kann sich keiner vorstellen«, kicherte Margarita. »Also wenn du unbedingt willst, frage ich Don Osvaldo wegen dem Esel, aber nur, wenn ich deine beste Freundin bin.«

Worterklärungen

Abuela	Großmutter
Ayuntamiento	Gemeindeverwaltung
bienvenido	herzlich willkommen
Bunyol	Krapfen
Calamar	Tintenfisch
Camino	Weg, Feldweg
cómo?	wie? wie bitte?
de nada	keine Ursache, bitte sehr
Ensaimada	Hefegebäck
Escuela	Schule
Estás tu Liane?	Bist du Liane?
Ferreteria	Eisenwaren, Haushaltswarengeschäft
Fiesta	Fest
Finca	Bauernhaus, einzeln stehendes Haus auf dem Land
gracias	danke
hola	hallo
Lenguado	Seezunge
Macchia	dorniges Gesträuch
Menorquina	Speiseeis (Markenname)
Muchacha	Mädchen
Naveta	steinzeitliches Baudenkmal, schiffähnlich geformt
Paella	spanisches Nationalgericht aus Reis, Fisch, Muscheln, Huhn
Panaderia	Bäckerei
Papeleria	Papierwarengeschäft
Patio	gemauerter, gefliester Innenhof
Permiso	Genehmigung
Playa Muca de tots	Playa Muca für alle
Plaza	Platz

Polenta	Brei aus grobem Maisgries
Pollo y cerdero	Huhn und Schwein
Portassa	Eingangshalle, ein Raum, in dem man lebt
Pozonegro	*(eigentlich: pozo negro)* Jauchegrube, bei Häusern ohne Kanalisation
salud	prost, zum Wohl
Siesta	Mittagsruhe
Sopa mallorquina	Eintopfgericht aus vielen Gemüsen, Schweinefleisch, Geflügel, Brot
Supermercado	Supermarkt
Talaiot	steinzeitliches turmähnliches Bauwerk aus großen Steinen, Wachturm gegen Seeräuber und andere Feinde
Tanca	Steinmauer zur Feldbegrenzung
Tapas	verschiedene warme Vorspeisen
Tienda	Geschäft, Laden
Tiene usted permiso?	Haben Sie eine Genehmigung?
Tortilla	in Mallorca: Omelett mit Kartoffel- und Tomatenstücken
Tramuntana	kalter Wind aus nördlicher Richtung (wörtlich: über die Berge)
Vamos a comer	Gehen wir essen
yo	ich